Fiona Buchholt

Wie jemand einmal ironisch sagte: »Wohnen tut sie eigentlich in Hamburg, nur auf dem Land muss sie zur Schule gehen.«

Fiona Buchholt ist vierzehn Jahre alt, kommt aus Ostwestfalen und muss auch noch dort wohnen. Ihr Herz hängt aber an Hamburg und neben dem Gymnasium schreibt sie Romane. Die meiste Zeit verbringt Fiona am Schreibtisch oder in ihrem (Hamburger) Lieblingscafé und denkt sich Dinge aus, die der ein oder andere vielleicht als Literatur bezeichnen würde.

An diesem Roman hat sie über ein Jahr lang gearbeitet und es ist der erste, der veröffentlicht wurde.

Violett und schwarz

Fiona Buchholt

BoD – Books on Demand, Norderstedt

Originalauflage 2017
©2017 Fiona Buchholt
Umschlag, Bildrechte: Fiona Buchholt
Satz: Jens Mühlenhoff (LATEX)
Herstellung und Verlag: BoD – Books on Demand,
Norderstedt
ISBN: 978-3-7460-1508-8
Printed in Germany

Bibliografische Information der Deutschen Nationalbibliothek:
Die Deutsche Nationalbibliothek verzeichnet diese Publika-
tion in der Deutschen Nationalbibliografie; detaillierte bibliografische Daten sind im Internet über http://dnb.
dnb.de abrufbar.

»Am Ende wird alles gut. Wenn es nicht gut ist, ist es nicht das Ende.«

Oscar Wilde

1 Kapitel

Müde und zerzaust sah ich in den Spiegel. Meine violetten Haare standen in alle Richtungen vom Kopf ab und meine Augenringe waren unnatürlich dunkel. Am Haaransatz sah man schon wieder meine natürliche Haarfarbe: schwarz.

Mit schwarzen Haaren hatte mich allerdings schon seit mehreren Jahren niemand mehr gesehen. Nicht selten wurde ich wegen meiner doch eher ungewöhnlichen Haarfarbe komisch angeguckt, aber das war mir ehrlich gesagt egal.

Ich lief so herum wie ich wollte.

Diese Geschichte begann am letzten Tag der Sommerferien, an dem ich schon um sieben Uhr morgens aufstehen musste. Ich komme nicht umhin zu sagen, dass das Ganze etwas verrückt war. Aber was war denn schon normal? Gewohnheiten konnten sich ganz schnell wieder ändern. Oder ganze Leben, einfach nur, weil einem gewisse Dinge verschwiegen wurden. Und so nahm alles Verrückte seinen Lauf.

Eigentlich verließ ich mein Bett während der Ferien und am Wochenende nicht vor neun Uhr und heute wollte ich das Ausschlafen noch einmal genießen. Meine Großmutter hatte mir allerdings die Aufgabe erteilt, die Galerie abzustauben. Und so langweilig und langwierig, wie es sich anhörte, war es auch. Das konnte Stunden dauern, denn mit *Galerie* meinte Großmutter alle Antiquitäten und Gemälde in diesem Haus. Und das Haus war riesig.

Meine Großmutter war eine reiche, alte, halsstarrige und sehr strenge Frau. Sie trug ihre Haare immer ordentlich nach hinten gesteckt und war für ihr Alter noch sehr schlank oder, wie ich sagte, knochendürr. Großmutter hatte zwar einen Gehstock und war bereits achtundsiebzig, ging aber stets mit erhobenem Haupt daher. Auch ihr Kleidungsstil ließ zu wünschen übrig, genau genommen war er schrecklich. Sie war stets der Meinung, dass früher alles besser war und trug immer lange Röcke und Blusen. Großmutter war keine von diesen netten, alten Damen, die ihren Enkeln Geschichten von früher erzählten, den besten Sonntagsbraten und den besten Kuchen der Welt machten oder superflauschige Wollsocken strickten.

Wir beide hatten, außer unserem Nachnamen, gar nichts gemeinsam.

Großmutter hielt sich meistens im Salon (wie sie das Wohnzimmer nannte) auf, strickte (keine Socken) oder machte Kreuzworträtsel. Aber wenn man nichts ahnend durchs Haus schlenderte, konnte sie leise wie eine Katze hinter einem auftauchen. Meistens warf sie mir nur einen strengen Blick zu und ging wieder. Wenn sie etwas sagte, waren das immer Dinge wie »Lanu, beschäftige dich mit sinnvollen Dingen!« oder »Kind, putze deine Schuhe, der Fußboden wird dreckig!«. Ich wusste, Lanu war auch ein eher ungewöhnlicher Name, aber ich mochte ihn.

Und ich mochte die Menschen, die mir diesen Namen gegeben hatten, auch wenn ich mit ihnen nur die ersten acht Jahre meines Lebens verbracht hatte. Bei dem Gedanken an meine Eltern stiegen mir jedes verdammte Mal Tränen in die Augen. Es war zwar mehrere Jahre her, dass sie gestorben waren, aber es tat immer noch weh. Meine Eltern hatten bei einer Bank gearbeitet und nie viel Zeit für mich gehabt, aber schön war der Teil meiner Kindheit trotzdem.

Tja, und seitdem lebte ich hier auf dem Landsitz meiner Großmutter mitten in der Pampa. Ich nannte das Haus einen Landsitz, weil es einfach riesig war und mitten auf einem noch größeren Grundstück voller Bäume stand. Einen Gärtner gab es dafür nicht, der Garten war aus unerklärlichen Gründen immer top gepflegt. Das Grundstück selber lag an einer wenig befahrenen Landstraße, die an den meisten Tagen im Jahr auch nur vom Schulbus genutzt wurde. Immerhin hatte ich eine eigene Bushaltestelle.

Der Großteil der Zimmer im Haus wurde meistens nicht einmal betreten. Und wenn, dann nur zur Lagerung von den bereits erwähnten Antiquitäten. Es gab mehrere Treppenhäuser und alle hingen voll mit uralten Gemälden. Die Flure im Erdgeschoss waren gefüllt mit Vasen oder verzierten Möbeln. Ein paar der Zimmer hatte Großmutter mit diesen Möbeln eingerichtet, damit sie nicht nutzlos auf dem Flur herumstanden. Herumgeschleppt hatte die natürlich die Hausangestellte Erika, Großmutter würde doch niemals einen Finger krumm machen. Ich selbst hatte ein Zimmer mit angrenzendem Bad im zweiten Stock, in dem ich mich auch gerade befand und gerne versteckte.

Großmutter und Erika würden gleich irgendwann einkaufen fahren und wahrscheinlich auch erst heute Mittag wiederkommen. Dann hatte ich zwar meine Ruhe, es war allerdings auch ein bisschen gruselig komplett alleine hier zu sein. Mein Zimmer war das einzige nicht leerstehende auf diesem Flur. Alle anderen vegetierten vor sich hin, genau wie der Flügel im Salon. Als ich noch jünger, war hatte Großmutter immer gesagt, ich sollte Klavier lernen, aber ich hatte mich gewehrt und dann, aus Protest sozusagen, mit dem Gitarre spielen angefangen. Großmutter konnte meine Lieblingsmusik nicht ausstehen und beschwerte sich immer, wenn ich sie laut hörte oder spielte.

»Die Jugend von heute«, sagte sie und ich hatte längst aufgegeben, ihr zu erklären, dass die Zeiten sich änderten. Gerade heute taten sie das oft und gerne.

Was die Schule betraf, dort war es auch nicht viel besser als hier. Ich kam zwar mit meinen Mitschülern klar, aber ich war mit keinem befreundet. Ich galt als die mysteriöse Verschlossene mit den violetten Haaren, obwohl ich mich selbst ganz normal fand, meistens. Das war mir aber herzlich egal, das Dasein als Einzelgänger war ich seit dem Tod meiner Eltern gewohnt. Klar, machmal wünschte ich mir schon einen Freund, aber hier gab es einfach niemanden, mit dem ich mich hätte anfreunden wollen.

Eine Sache gab es da aber noch, die ich liebend gerne einmal jemandem erzählt hätte. Ich glaubte an Übernatürliches. Das mochte komisch klingen, war es auch, aber ich hatte berechtigte Gründe. Das Ganze hatte vor einem halben Jahr angefangen, einen Monat nach meinem Geburtstag. Erst hatte ich es gar nicht bemerkt, doch mit der Zeit war es häufiger aufgetreten. Ich wusste nicht, ob das gut oder schlecht war. Bei meinen Eltern hatte ich so etwas nie bemerkt, aber bei Großmutter schon (sie war über siebzig, ich war mickrige fünfzehn) Nicht dasselbe wie bei mir, aber ähnlich. Manchmal, wenn ich sie beim Spazierengehen im Garten sah, wuchsen hinter ihr aus dem Nichts wunderschöne Blumen und das Gras wirkte viel dichter. Wir besaßen keinen Rasenmäher und trotzdem wucherte der Rasen nirgendwo unkontrolliert. Übernatürlich, wie gesagt. Anfangs dachte ich natürlich, ich würde es mir nur einbilden. Doch sowohl bei mir als auch bei Großmutter trat es (zumindest in meinen Beobachtungen) immer auf.

Ich ließ allerdings keine Blumen wachsen, nein. Immer, wenn ich Wasser berührte, kribbelte meine Haut und wenn ich mich stark konzentrierte konnte ich sogar kleine Wassermengen in eine bestimmte Richtung bewegen. Das hatte ich oft ausprobiert und glaubte es immer noch nicht wirklich. Das ein oder andere Mal erschienen auch kleine Wassertropfen aus dem Nichts, genau wie die Blumen. Gruselig war das schon, aber bisher hatte ich weder im Internet noch in Büchern etwas finden können. Und Großmutter wollte ich auf keinen Fall danach fragen!

Das erneute Klingeln meines Weckers holte mich schließlich in die Realität zurück. Immer noch müde stieg ich unter die Dusche und sofort fing dieses Kribbeln wieder an. Es machte mich fast wahnsinnig. Während ich nach dem Duschen meine Haare föhnte, überlegte ich wie ich meine Augenringe am besten überdecken konnte. Wenn Großmutter mich heute Mittag so sah, würde sie mir wieder einen Vortrag über die Folgen von zu wenig Schlaf halten. Und darauf konnte ich verzichten.

Ich schlurfte zum Esszimmer hinunter und nahm mir einen Apfel aus der Obstschale. Ich hatte nicht viel Hunger. Und noch weniger Lust alte Bilderrahmen abzustauben. Doch wohl oder übel musste ich heute Mittag fertig sein, und so holte ich mir schließlich einen Lappen und begann im nächstgelegenen Treppenhaus die Bilderrahmen diverser Urahnen zu putzen. Ich hatte sie schon etliche Male gesehen und sie sahen alle gleich aus.

Kleider, mit denen man heute nicht einmal mehr durch eine Tür gehen konnte, riesige Perücken und grimmige Gesichter. Zeiten änderten sich. Ich mied ihre Blicke, da sie mir schon ein bisschen Angst machten. Die Bilder mit Landschaften oder Pferden darauf gefielen mir da schon besser.

Erst nach zwei Stunden hatte ich alle Bilder, äh, Gemälde abgeklappert. Am Anfang hatte ich sie noch gezählt, aber irgendwie hatte ich es dann vergessen. Dass ich so lange gebraucht hatte lag auch daran, dass ich zwischendurch immer wieder gedankenverloren aus dem Fenster gestarrt hatte. Ich hatte keine Lust mehr! Ich war müde! Und ich wollte schlafen! Außerdem sehnte ich den Tag herbei, an dem Großmutter nicht mehr das Sorgerecht für mich hatte. Manchmal war es hier wie in einem Gefängnis und deshalb kam ich während der Schulzeit oft später nach Hause.

Großmutter interessierte sich nicht sonderlich für meinen Stundenplan, solange ich gute Noten schrieb, weshalb ich nach Unterrichtsschluss oft noch eine Stunde in der Stadt verbrachte und mit dem nächsten Bus nach Hause fuhr. Diese Freiheiten konnte ich mir während der Ferien nicht gönnen.

Lustlos stieg ich die mit rotem Teppich ausgelegte Treppe bis ins Erdgeschoss hinunter. Es kam mir immer so vor, als wäre ich im letzten Jahrhundert gelandet, wenn nicht sogar im vorletzten, wenn ich die altmodisch eingerichteten Räume betrat. Die Anzahl der staubigen Flächen wollte einfach nicht enden.

Lauthals verfluchte ich Großmutter. Ich könnte jetzt auch gemütlich im Bett liegen, aber nein. Im nächsten Zimmer erstickte ich sogar fast, als ich das Kissen ausschüttelte. Bitte, diese Arbeit hier war sogar gesundheitsgefährdend.

Fertig mit dem letzten Zimmer ließ ich mich auf einen der zierlichen Stühle fallen. Und stand sofort wieder auf, als mir einfiel, wie oft Großmutter mir eingetrichtert hatte, dass man sich hier auf gar keinen Fall und unter gar keinen Umständen setzen dürfte. Sie hatte schon immer Angst um ihre heiligen Möbel. Vielleicht wollte sie sie irgendwann einmal an Sammler verkaufen, aber so lange Großmutter so vermögend war wie jetzt, war das unwahrscheinlich. Großmutter, die müsste auch bald nach Hause kommen. Ich war wieder einmal kurz vor knapp fertig geworden.

Draußen hörte ich das Geräusch von Reifen auf Kies. Das konnten nur Großmutter und Erika sein, aber ein Blick aus dem Fenster bewies mir das Gegenteil. Ein großes, ziemlich teures Auto fuhr auf den Vorplatz. Auf der Fahrerseite stieg ein nicht besonders großer Mann mit hellbraunen Haaren aus. Gesehen hatte ich ihn noch nie. Aber das eigentlich Gruselige waren seine feuerroten Augen, die bis hierhin leuchteten. Ich stellte mich so hinter den Vorhang, dass man mich von draußen nicht sehen konnte. Diese Augen würden Löcher in mich hinein brennen, ganz sicher. Auch den jüngeren Mann, der jetzt auf der Beifahrerseite ausstieg, hatte ich noch nie gesehen. Er war vielleicht ein paar Jahre älter als ich und hatte pechschwarze, kurze Haare. Lässig in Jeans und T-Shirt schlenderte er mit dem anderen in Richtung Haustür. Stirnrunzelnd starrte ich hinterher, bis sie hinter der Hausecke verschwunden waren.

Kurz darauf klingelte es an der Haustür. Was wollten zwei völlig Fremde hier? Was sollte ich mit ihnen machen, bis Großmutter wiederkam? Sie konnten nur zu ihr wollen. Vielleicht war der ältere von ihnen ja ein Sammler und hatte seinen Sohn oder Neffen mitgebracht. Es klingelte noch einmal. Ich schreckte aus meinen Gedanken hoch. Schwerfällig schlurfte ich über den Flur in die Eingangshalle mit dem riesigen Kronleuchter und öffnete schließlich die Haustür.

2 Kapitel

Mein Blick fiel erst in die feuerroten Augen des älteren, dann in die dunkelblauen Augen des jüngeren Mannes. Die beiden sahen sich überhaupt nicht ähnlich und es war unwahrscheinlich, dass sie zur selben Familie gehörten.

»Hallo«, brachte ich schließlich hervor. Was wollten die hier?

»Hallo«, sagte der Jüngere knapp.

»Guten Tag!«, sagte der Ältere. »Ich bin Direktor William Winns vom St. Golem Internat für Elemente. Und das ist Jake, dein Zimmergenosse.« Na super, dachte ich und bat die beiden herein. Sammler waren das nicht, dann könnte ich die Möbel wohl noch einige Male abstauben.

»Er wird dir in den ersten Tagen alles zeigen und erklären, welche Regeln es bei uns gibt«, sagte Herr Winns. Ich blieb wie angewurzelt stehen. Internat? Regeln? Uns? Zimmergenosse? Die wollten also doch zu mir. Hatte Großmutter das angezettelt? Wollte sie mich loswerden? Warum hatte sie mir nichts gesagt? Ich war verwirrt und Herr Winns fing schon wieder an, zu reden: »Das Leben als Element ist nicht so ungefährlich wie das normaler Menschen.« Ich verstand kein Wort.

»Was ist mit Elemente gemeint?«, fragte ich. Einige

Elemente kannte ich, das Periodensystem hatten wir in Chemie, aber ich glaubte nicht, dass Metalle und Halbmetalle gemeint waren. Jake verzog seinen Mund. Ich ignorierte ihn, sollte er denken, was er wollte.

»Und was ist das für ein Internat?«, fragte ich während wir die Treppe hochstiegen. Herr Winns drehte sich zu mir um.

»Hat man dir denn gar nichts erzählt?«

Ich schüttelte wahrheitsgemäß den Kopf und bog in den Flur Richtung Wohnzimmer, äh, Salon ein. Jake schwieg immer noch. Ich öffnete die Tür zum Salon und setzte mich direkt aufs Sofa. Herr Winns nahm mir gegenüber Platz und Jake stellte sich ans Fenster und sah nach draußen.

»Also, du bist genauso wie deine Großmutter und ich und Jake und alle anderen auf St. Golem ein Element. Dein Element ist laut Auskunft deiner Großmutter Wasser.«

Ich war was?!

Herr Winns war ganz klar jemand, der alles direkt und ohne Umschweife ansprach. Ich war mir nicht sicher, ob ich solche Leute mochte.

Ich hatte einen Geistesblitz. An diesem Kribbeln auf der Haut und den anderen Übernatürlichen Geschehnissen war also doch etwas dran. Aber warum wusste ich davon nichts? Das Ganze war zu überraschend für mich, als dass ich es glauben konnte. Ich wollte mehr erfahren.

»Was ist denn das jetzt für ein Internat?«, hakte ich nochmals nach.

»Eins nach dem anderen«, sagte Herr Winns. Ach,

jetzt auf einmal hatte er Zeit.

»Deine Großmutter besitzt das Element Erde, dein Vater war Wasser. Ich frage mich nur, warum du über nichts informiert wurdest. Dein Vater und deine Großmutter waren schließlich auch auf St. Golem. Ist sie zuhause?«

Ja, mein Vater. Von ihm hatte ich meine eigentlich dunklen Haare geerbt und mein musikalisches Talent.

»Sie müsste gleich wiederkommen«, antwortete ich. »Mein Gott, was ist das denn jetzt für ein Internat?« Auch wenn mein Gehirn es noch nicht begriffen hatte, ich würde nicht mit zwei fremden Menschen irgendwohin fahren. Da konnte sonst etwas passieren. Aber dieses Kribbeln und diese Wassertropfen, das war doch nicht normal. Wobei, hier tauchten einfach Leute auf und behaupteten, von irgendeiner Schule zu sein. Mein Verstand weigerte sich, die Tatsache zu akzeptieren, mein Gehirn wechselte zwischen *logisch* und *verwirrend*. Aber schließlich gewann *logisch* die Oberhand. Ich runzelte die Stirn. Immerhin wusste Großmutter davon und mein Vater war auch auf dieser Schule gewesen. Das behauptete der kleine Mann und ob ich ihm glauben konnte, würde sich noch herausstellen. Und doch kam das irgendwie zu überraschend. Ich war verwirrt und meine Gedanken drehten sich im Kreis. Was war denn mit meiner Mutter? Ich biss mir auf die Unterlippe, traute mich aber nicht, zu fragen.

Völlig überrumpelt wandte ich mich wieder Herr Winns zu, der seine Erklärung fortsetzte. Jake starrte immer noch stumm aus dem Fenster. Wahrscheinlich wusste er ebenfalls Bescheid und lachte innerlich darüber, wie ich mich hier verarschen ließ.

»St. Golem wurde bereits vor zweihundert Jahren gegründet.« Ich stieß einen leisen Seufzer aus.

»Wo liegt das denn?«, fragte ich schnell, um mich vor einem Vortrag zu retten. Was das anging, hatten Großmutter und Herr Winns scheinbar etwas gemeinsam. Ich wollte allerdings Informationen, die mich irgendwie weiter brachten und vielleicht einen klaren Grund durchsickern ließen, warum alles auf einmal umgekrempelt wurde.

»Die Schule liegt in Schleswig-Holstein an der Nordsee«, antwortete mir Herr Winns. »Wir erwähnen nie den genauen Namen des Ortes, da Elemente in der Regel fernab von Menschen leben, aus Gründen der Sicherheit.«

Mein Herz machte einen Satz. Ich mochte das Meer und war ewig nicht mehr da gewesen. Das war eine einmalige Gelegenheit, und warum sollte er jemanden, der auf diese Schule gehen sollte, anlügen? Andererseits, warum nicht? Mir fielen nur gleich viele Gründe für beide Seiten ein. Zum ersten Mal wünschte ich mir, Großmutter wäre hier.

»Vor wem müssen wir uns denn verstecken?«, stellte ich meine gefühlt tausendste Frage. Eigentlich hatte ich noch viel mehr Fragen, aber es machte keinen Spaß, sich mit Herr Winns zu unterhalten. Er gab mir auch keine Antwort, sondern starrte jetzt wie Jake schon die ganze Zeit aus dem Fenster. Bevor ich meine Frage noch einmal wiederholen konnte, betrat Großmutter plötzlich das Zimmer. Der Raum schien einzufrieren.

Sie blieb auf der Schwelle stehen und ihre Augen verengten sich, wie bei einem Raubtier, zu Schlitzen, als sie Herrn Winns und Jake da sitzen und stehen sah.

»Guten Tag«, sagte Großmutter nicht gerade begeistert. Sie setzte sich neben mich aufs Sofa, starr wie eine Salzsäule. Ich hatte eine Gänsehaut. Was würde jetzt passieren?

»Hallo Frau Thomas!«, meinte Herr Winns. »Ich freue mich sie einmal wiederzusehen.« Die kannten sich persönlich? So alt wie Großmutter war Herr Winns noch lange nicht. Auch dieser saß jetzt aufrecht da. Die beiden starrten sich voller Abscheu an. Offene Feindschaft. Und obwohl noch nichts weiter gesagt wurde, schien Großmutter zu wissen, worum es hier ging.

»Ich habe Ihnen meine Gründe, besser gesagt, die Gründe von Lanus Eltern mehr als einmal genannt«, sagte sie mit kühler Stimme. »Lanu geht nicht!«

Die Gründe meiner Eltern? Ich biss mir wieder auf die Unterlippe, wären sie doch wenigstens hier gewesen.

»Warum nicht?«, fragte ich, in der Hoffnung, wenigstens auf diese Frage eine Antwort zu bekommen. »Was haben meine Eltern gesagt?«

»Deine Eltern haben sich mit uns zerstritten und beschlossen, dass du nicht auf diese Schule gehst«, antwortete mir Herr Winns mit spöttischem Unterton in der Stimme. Eben hatte er noch versucht, objektiv zu wirken. Jetzt schlug seine Sprechweise doch eine sehr subjektive Richtung ein. »Dein Vater hat deine Mutter, die kein Element war, kennengelernt. Und als sie dann heiraten wollten, hat unsere Sicherheitsbehörde das heraus bekommen und wollte etwas dagegen unternehmen. Es ist nun einmal nicht ungefährlich, unter normalen Menschen zu leben.« Und was machte ich dann die ganze Zeit? Es war schon mehrfach vorgekommen, dass in der Schule auf einmal ein Wassertropfen vor mir auf dem Tisch lag. Oder, dass meine Haut so sehr gekribbelt hatte, dass ich mir nicht einmal die Hände waschen konnte. »Dein Vater wollte das wiederum nicht einsehen und hat sich mit uns zerstritten. Dann wurdest du geboren.«

Das hatte ich nicht einmal gewusst, aber wenn ich so darüber nachdachte, war es verständlich. Ich würde auch nicht wegen irgendeiner Sicherheitsbehörde auf meine große Liebe verzichten wollen.

»Und jetzt will deine Großmutter nicht, dass du auf das St. Golem gehst«, ergänzte er noch. Das hatte ich jetzt auch begriffen. Aber warum hatte sie mir das nie erzählt? Es ging doch schließlich um meine Eltern!

»Ich will nur den Wunsch meines Sohnes erfüllen«, warf Großmutter ein, aber Herr Winns ignorierte sie. Das Großmutter Gefühle hatte, wusste ich bisher auch noch nicht.

»Auf meine E-Mails hat sie auch nicht geantwortet, weswegen wir dich persönlich abholen«, ergänzte er noch.

Ich glaubte, Herr Winns hatte Sabbelwasser getrunken. Dieses Gespräch war kurios. Ich dachte, Großmutter hätte überhaupt keinen Computer, doch anscheinend konnte sie sogar damit umgehen. Wie auch immer, Großmutter sah nicht wirklich überzeugt aus. Ich war sauer auf sie. Sie hätte mir die Umstände meines Lebens ruhig einmal verraten können. Für einen kurzen Moment wollte ich sie fragen, was das alles sollte, entschied mich angesichts der gereizten Stimmung im Raum dann doch dagegen. Großmutters Blick war jetzt noch hasserfüllter, das konnte schwierig werden. Wie ich ja bereits erwähnt hatte, Großmutter war eine ungewöhnlich halsstarrige Person. Ich hatte noch nie miterlebt, dass jemand Großmutter umstimmen konnte.

Doch Herr Winns gab nicht auf und nannte allerlei Argumente. Zu manchen sagte sie etwas, wenn auch etwas Negatives, und zu anderen wiederum gar nichts. Aber gegen die meisten hatte sie nichts einzuwenden. Ich selber saß still auf dem Sofa und fühlte mich fehl am Platz. Sollte ich auf dieses Internat gehen oder blieb mir, wie es aussah, gar nichts anderes übrig? Obwohl die Tatsache, dass sie hier ohne Vorahnung aufkreuzten, ziemlich seltsam war. Oder es war eine Maßnahme, um Großmutter zu überrumpeln. Das wäre auch logisch gewesen, bei ihr musste man Taktik anwenden.

Auf Dauer war es langweilig ihr und Herr Winns beim Diskutieren zuzuhören und so beobachtete ich Jake, der jetzt aus einem anderen Fenster starrte. Er hatte bis auf das *Hallo* am Anfang kein Wort gesagt, was mich schon gar nicht mehr wunderte. Vielleicht langweilten ihn die Streithähne ja auch. Er kam mir seltsam bekannt vor, dachte ich.

Großmutter war aufgestanden und sah noch wütender aus. Sie warf Jake einen seltsamen Blick zu.

»Von mir aus«, knurrte sie und ich traute meinen Ohren nicht. »Von mir aus darf sie gehen. Aber ich warne Sie, Herr Winns! Ich warne Sie!«

Großmutter warf ihm einen letzten vernichtenden Blick zu. Ich sah verwundert in die Runde und wollte schon applaudieren, fand es dann aber doch irgendwie nicht angemessen.

»Auf Wiedersehen, Lanu!«, sagte Großmutter noch, verließ den Salon und knallte die Tür hinter sich zu. Ich hoffte, Erika würde ihr einen Whisky bringen.

Unschlüssig was jetzt von mir erwartet wurde, wartete ich darauf, dass Herr Winns etwas sagte.

»Dann hol deine Sachen«, meinte er. »Wir warten unten am Auto.« Jake seufzte erleichtert, ich konnte ihn sogar verstehen. Die beiden verließen den Raum und ich folgte ihnen.

Ob sie die Haustür gefunden hatten?, fragte ich mich, als ich die Treppe in den zweiten Stock hochstieg. In diesem Ungetüm von Haus konnte man sich nur verlaufen, wenn man sich nicht auskannte. Aber ein Blick aus dem Fenster vergewisserte mir, dass die beiden schon am Auto standen. Wie auch immer sie das geschafft hatten.

Wenn ich früher mit meinen Eltern Großmutter besucht hatte, hatte ich mich hier immer verlaufen. Und ich hatte schon immer vor der alten Ritterrüstung in der Eingangshalle Angst gehabt. Ein rostiges Ding mit Degen, das quietschte, selbst wenn man in nur fünf Metern Entfernung vorbeiging, was ich blöderweise ständig tun musste.

Das war ein weiterer Pluspunkt dieses Internats, ich war diese gruselige Ritterrüstung los. Herr Winns traute ich allerdings durchaus zu, dass in dem Internat auch welche standen. Wie schnell sich alles, was man für normal gehalten hatte, ändern konnte.

In meinem Zimmer angekommen, kramte ich meinen riesigen Koffer aus dem Schrank. Gebraucht hatte ich ihn noch nie, da ich mit Großmutter nie im Urlaub gewesen war, das wäre auch zu schön gewesen. Ich wuselte in meinem Zimmer hin und her und wieder zurück, bis nach einer halben Stunde alles, was ich mitnehmen wollte, im Koffer verstaut war. Ich hievte ihn zur Tür, wo er mir auch gleich einmal auf den Fuß fiel. Noch einmal sah ich mich in meinem leeren Zimmer um und warf noch einen Blick ins ebenfalls ausgeräumte Badezimmer. Wann würde ich wiederkommen? Ich wusste es nicht, aber höchstwahrscheinlich in den nächsten Ferien. Heute morgen hätte ich nie damit gerechnet, dass heute noch so viel passieren würde. Ich kniff mir in den Arm, um mich zu vergewissern, dass ich nicht träumte. Was war eigentlich mit meiner alten Schule? Hatte Herr Winns das auch schon geregelt?

Ich hängte mir meine Tasche und meinen Gitarrenkoffer über die Schulter und schloss die Tür hinter mir. Irgendwie kam es mir vor, als wüsste ich schon viel länger, dass ich auf diese Schule gehen sollte. Ich war auf einmal vollkommen in Aufbruchstimmung.

Bis zur Treppe konnte ich den Koffer ziehen, aber bedauerlicherweise gab es hier keinen Fahrstuhl. Doch nach einem halben Stockwerk kam mir Erika zur Hilfe.

»Dann viel Spaß auf St. Golem!«, sagte sie, bevor sie in Richtung Küche verschwand. Woher wusste Erika das denn jetzt? Naja, Großmutter wusste schließlich auch immer alles. Oder sie hatte an der Tür gelauscht. Aber diese Vermutung tat ich ab, denn mit Sicherheit hatte Erika die Einkäufe hereintragen müssen.

Ich durchquerte die Eingangshalle, ließ die Ritterrüstung links liegen und öffnete die Haustür. Warme Sommerluft schlug mir entgegen. In den Blumenbeeten summten Bienen und im Gras zirpten Grillen. Irgendwie tat es überhaupt nicht weh, das Haus hinter mir zu lassen, auch wenn mir viele Details erst jetzt auffielen. Ich zog den Koffer hinter mir her über den Vorplatz Richtung Auto, dessen blitzblanker Lack in der Sonne glänzte. Hätte ich einen Führerschein, wäre ich damit zu gerne einmal durch eine Schlammpfütze gefahren. Unter den Rollen meines Koffers knirschte der Kies. Herr Winns öffnete den Kofferraum, in dem sich schon ein schwarzer Koffer befand, der wahrscheinlich Jake gehörte. Er nahm meinen und lud ihn obendrauf, dann stieg er auf der Fahrerseite wieder ein und knallte die Tür zu. Meine Gitarre verstaute ich sicherheitshalber eigenhändig und ließ mich auf der Rückbank hinter Jake nieder. Herr Winns startete den Wagen, der, wie ich erwartet hatte, eine teure Lederausstattung besaß. Ich saß stocksteif auf der Rückbank und traute mich nicht, mich etwas bequemer hinzusetzten.

»Dann wollen wir mal!«, sagte er, fuhr die Einfahrt hinunter und auf die Straße. Ich freute mich sogar ein bisschen. Wo auch immer wir hinfahren würden, dort könnte es nur besser sein als hier, außer die beiden wollten mich kidnappen. Und wenn Jake nicht mit mir reden wollte, war das sein Problem. Im Radio wurde über etwas Langweiliges geredet und so kramte ich mein Buch aus der Tasche und begann zu lesen. Zwischendurch sah ich immer wieder aus dem Fenster oder nach vorne. Bis wir auf die Autobahn fuhren versuchte ich noch herauszufinden, was Jake las. Doch seine Hand verdeckte das Cover. Herr Winns war voll auf die Fahrbahn konzentriert. Ich, alleine auf der Rückbank, wunderte mich über mein Bauchgefühl. Ich war gespannt, aber ich fühlte keine Beklemmung. Ich würde dort leben, wo wir hinfuhren. Seit meinem achten Lebensjahr war ich nirgendwo mehr richtig Zuhause gewesen.

Warum war Jake überhaupt mitgekommen? Damit ich ihn schon einmal kennenlernen konnte? Das hatte nicht funktioniert. Oder lag sein Wohnort auf dem Weg? Ich wusste es nicht, wollte aber auch nicht nachfragen. Die Fahrt schien ewig zu dauern. Wir waren erst gegen dreizehn Uhr losgefahren und hatten immer noch Stunden vor uns. Das Abendessen in der Schule würden wir auch verpassen, hatte Herr Winns gesagt.

Am späten Nachmittag hatte ich hundert Seiten gelesen und einen Mordshunger. Der eine Apfel heute Morgen war definitiv zu wenig. Ich studierte die Umgebung nach einer Raststätte und war unendlich erleichtert als eine auftauchte. Meine Beine waren längst eingeschlafen. Mir fiel auch jetzt erst auf, dass das Land komplett flach war. Man konnte viel mehr sehen als zuhause. Ich kniff die Augen zusammen, das helle Sonnenlicht blendete.

Herr Winns wechselte die Spur, fuhr auf den Parkplatz und drehte ein paar Runden, bis er sich für eine Stelle entschieden hatte. Ich stieg aus und steuerte gleich auf den Eingang zu. Mein Bauch schmerzte vor Hunger und wegen dem langen Sitzen fühlte es sich an, als würden meine Beine jeden Moment unter mir weg knicken. Drinnen verspeiste ich Nudeln mit Pesto, Jake hatte irgendetwas mit Kartoffeln und das Essen von Herr Winns war undefinierbar.

Die letzten Stunden der Fahrt zogen sich noch mehr wie Kaugummi. Wir fuhren von der Autobahn hinunter und stattdessen auf einsamen Landstraßen. Ab und an sah man kleine Dörfer in der Ferne oder fuhr durch welche hindurch. Ich war müde. Irgendwann kam noch eine Kleinstadt mit beschaulichen Einfamilienhäusern. Blumen in allen erdenklichen Farben blühten in den Vorgärten. Ein paar Menschen waren noch unterwegs, es war ein schöner Abend. Ich wäre gerne auch ein bisschen gelaufen, meine Beine waren schon wieder eingeschlafen. Am anderen Ende des Ortes gab es einen Bahnübergang, vor dem wir warten mussten. Ein Güterzug mit siebenundzwanzig (ich hatte mitgezählt) Wagen fuhr vorbei und die Schranke öffnete sich wieder. Felder mit reifem Getreide reihten sich links und rechts an die Straße. Sie leuchteten golden in der Sonne. Ich fragte mich, ob es sich wohl noch lohnen würde, ein bisschen zu schlafen. Hundemüde und den Kopf gegen das Fenster gelehnt, schloss ich dann einfach die Augen. Zeiten änderten sich, und manchmal auch von einem Moment auf den anderen. Und ich musste damit fertig werden.

Ich bekam irgendetwas ins Gesicht geworfen. Vorsichtig öffnete ich meine Augen. In meinem Schoß lagen mehrere Papierkügelchen. Böse sah ich nach vorne zu Jake. Das konnte nur er gewesen sein.

»Wir sind gleich da!«, sagte Jake und drehte sich wieder nach vorne. Ich blinzelte. Ein großes Schild mit der Aufschrift *St. Golem Internat* tauchte plötzlich am Straßenrand auf. Wenn die sich verstecken wollten, warum stellten sie das dann dorthin? Ich drehte mich um und sah das Schild in der Luft flimmern wie eine Fata Morgana. Alles klar.

Wir fuhren eine Anhöhe hinauf und die Straße mündete in einen breiten Schotterplatz mit Springbrunnen in der Mitte. Noch ein paar weitere Autos standen dort und sie waren mindestens so teuer wie dieses. Geld hatten sie hier auf jeden Fall genug. Das Gebäude interessierte mich erst einmal gar nicht, nur das, was sich dahinter befand. Sofort sprang ich aus dem Wagen und blickte zwischen den Bäumen auf der linken Seite hindurch, wo das Meer in der Sonne glitzerte. Fast hörte ich die Wellen rauschen. Eine Möwe stakste über den Schotterplatz. Ich grinste, hier konnte man sich ja nur wohlfühlen.

Zurück am Auto öffnete Herr Winns schon den Kofferraum. Ich hievte meine Gitarre und meinen Koffer heraus, bevor das irgendjemand anders erledigen konnte und wir liefen zum Eingang, Jake ebenfalls mit Koffer. Die Sonne war angenehm warm und die typische Meeresbrise wehte durch die Bäume. Das Gebäude selbst war aus rotem Klinker und hatte ein dunkles Dach. Es war riesig mit vielen Fenstern und wirkte ziemlich imposant. Nach hinten ging es noch weiter und es gab mit Sicherheit noch einen Hof, von dem man aufs Meer gucken konnte.

Herr Winns öffnete die große, dunkle Holztür. Drinnen war es kühl und das erste was ich sah, war eine Ritterrüstung. Super! Die Eingangshalle war weiß gestrichen, hatte hohe Fenster, dunklen Holzfußboden, Sitzgelegenheiten auf der rechten und einen Tresen auf der linken Seite, hinter dem allerdings niemand saß. Daneben befand sich eine Glastür und gegenüber führte eine mit rotem Teppich ausgelegte Treppe in die oberen Stockwerke. Wenigstens hing kein uralter, verstaubter Kronleuchter unter der Decke. Ich war noch dabei, alles zu betrachten und mir einen Überblick zu verschaffen, als Herr Winns sich schon verabschiedete und links durch die Glastür verschwand. Jake und ich blieben alleine zurück. Eine gefühlte Ewigkeit lang sagte niemand etwas. Jake fuhr sich durch die Haare.

»Also«, begann er.

»Links geht es zu den Klassenräumen und in den Keller. Im Keller sind der Speisesaal, die Küche und die Trainingsräume. Die Bibliothek ist im ersten und zweiten Stock, genauso wie die Zimmer. Unseres ist im Zweiten.«

Jake redete, als wollte er das hier möglichst schnell hinter sich bringen.

»Unser Zimmer?«, hakte ich nach.

»Mehr oder weniger, ich muss nur durch deins durchlaufen. Siehst du gleich.«

Seine Stimme hatte immer noch diesen nervigen Tonfall. Aber was das Zimmer betraf, hatte ich weitaus Schlimmeres erwartet. Dass er an mir vorbeimusste nervte natürlich, aber ändern konnte ich jetzt eh nichts mehr. Welcher Architekt auch immer sich diese

Zimmeraufteilung ausgedacht hatte …

Ich wollte schon meinen Koffer nehmen und mich an den Aufstieg machen, aber Jake war noch nicht fertig.

»Im Dachgeschoss wohnen die Lehrer und haufenweise Gerümpel. Den Rest erkläre ich dir oben.«

Er war doch fertig, fürs Erste. Und das Gerümpel *wohnte* auf dem Dachboden, schon klar. Ich hievte meinen Koffer hinter Jake die Treppe hoch. Was hatte ich da bitte alles hineingepackt? Im ersten Stock blieb ich kurz stehen. Durch die beiden hohen Fenster blickte man direkt in den Hof voller Blumenbeete. In der Mitte stand ein weiterer Brunnen mit der Statue eines Engels obendrauf. Es sah schon etwas paradiesisch aus. Jake stand am Treppenabsatz und räusperte sich.

»Ich komme«, meinte ich nur, packte meinen Koffer und stieg noch ein Stockwerk nach oben. Wie im ersten Stock war rechts eine große Flügeltür zur Bibliothek. Ich wollte mich wieder ans Fenster stellen und das Meer betrachten, aber Jake hatte es ja wahnsinnig eilig. Auf dem Flur liefen ein paar andere Leute mit Koffern herum (dann waren wir nicht als Einzigste zu spät gekommen), aber niemand jünger als ich. Ich rätselte, hinter welcher Tür sich mein, äh, unsere Zimmer verbargen. Jake bog rechts um die Ecke und blieb dann vor der allerletzten Tür des ewig langen Flures stehen. Er kramte zwei Schlüssel aus der Hosentasche, gab mir den einen (»Verlier ihn bloß nicht!«) und schloss die Tür auf.

Das Erste was ich sah, war eine Fensterfront mit blauen Vorhängen an der gegenüberliegenden Wand, durch die man direkt aufs Meer sah. Der Ausblick war nicht zu toppen. Ich konnte noch ein paar Blumenbeete sehen und am Fuß der Anhöhe waren direkt der Deich und der Strand. Fasziniert starrte ich aus dem Fenster, bis Jake mit seiner Hand vor meinem Gesicht herumwedelte und ich aus meiner Starre erwachte.

Jetzt realisierte ich auch den Rest vom Zimmer. Es gab noch zwei Türen, eine zu Jake und eine zu meinem Badezimmer und rechts vor dem Fenster stand ein Schreibtisch. Neben der Tür standen ein Schrank und ein Regal und an der anderen Wand ein großes Bett mit gepunkteter Bettwäsche. Ich wollte mich sofort hineinfallen lassen. Wer auch immer das hier eingerichtet hatte, hatte echt Geschmack. Die dunklen Holzmöbel passten perfekt zu den blauen Wänden. Ich lehnte meine Gitarre gegen den Schreibtisch und hängte meine Tasche über den Stuhl. Dann stellte ich meinen Koffer vor dem Schrank ab und ließ mich wirklich aufs Bett fallen. Wenn ich heute noch den Sonnenuntergang beobachten konnte, wäre alles perfekt. Aber noch dämmerte es nicht einmal, blöde Sommerzeit.

Ich atmete tief durch.

Was machte Jake noch hier? Wie würde der Unterricht werden? Wie waren die Lehrer (einen kannte ich ja schon)? Gab es Kurse oder Klassen? Wie waren die anderen Schüler? Würde ich mich mit jemandem anfreunden? Die Fragen prasselten nur so auf mich nieder, jetzt, wo ich einen Moment Ruhe hatte und die Aufbruchstimmung verflogen war. Mein Gehirn wollte einmal wieder nicht zur Ruhe kommen. Ich hätte auch noch weiter gegrübelt, wenn Jake nicht schon wieder angefangen hätte, zu reden.

»So, der Unterricht beginnt um acht. Zwischen den Stunden sind immer fünf Minuten Pause. Montags, dienstags und mittwochs hast du normalen Unterricht. Das heißt Deutsch, Mathe, Kunst, Musik, Englisch, Erdkunde, Sozialwissenschaften und Naturwissenschaften.«

»Für wie doof hältst du mich?«

Er ratterte alles so herunter, dass ich mir sicher war, es bis morgen wieder vergessen zu haben. Und was die typischen Schulfächer waren, wusste ich ganz gut selber. Es war anstrengend, ihm zu zuhören.

»Kein Sport?«, hakte ich nach.

»Erstens heißt das hier Training und zweitens hast du das erst ab dem zweiten Halbjahr. Vorher würdet ihr euch nur gegenseitig abmurksen.« Und die Arroganz war auch wieder da.

»Und was ist donnerstags?«, fragte ich um ihn zu nerven.

»Donnerstags lernst du etwas über Wasser beim Klassenlehrer und freitags über die anderen Elemente.« Darauf war ich wirklich gespannt, aber zu müde, um noch weiter nachzufragen.

»Die Klassen sind relativ klein«, ergänzte Jake noch. »Es gibt einfach nicht mehr Schüler. Und freu dich erst gar nicht über die wenigen Stunden. Es gibt umso mehr Hausaufgaben.«

»Mmhh«, machte ich nur und hoffte, dass er mich endlich alleine ließ. Mittlerweile war ich kurz davor einzuschlafen, aber mein Gehirn arbeitete noch auf Hochtouren und hielt mich wach. Und Jake war immer noch nicht fertig mit seinem Vortrag: »Frühstück gibt es von sieben bis acht, Mittagessen von dreizehn bis vierzehn Uhr und Abendessen von achtzehn bis neunzehn. Alles klar soweit?« Ich seufzte erleichtert, auch wenn ich schon nicht mehr aufnahmefähig war.

»Dann gute Nacht!«, meinte er und öffnete die linke der beiden Türen.

»Gute Nacht!«, rief ich ihm in einem nicht besonders netten Tonfall hinterher, aber da war die Tür schon ins Schloss gefallen. Ich war endlich alleine und todmüde. Das frühe Aufstehen, die lange Autofahrt und die ganzen neuen Informationen und Veränderungen waren zu viel für einen Tag. Und mein Körper würde eh erst morgen auf Schulmodus umstellen. Er fühlte sich an wie aus Blei und meine Augenlider waren besonders schwer.

Schließlich stemmte ich mich dann doch vom Bett hoch und räumte schon einmal ein paar Sachen aus dem Koffer, die ich morgen brauchen würde. Ein paar Klamotten, meinen Kulturbeutel, Schreibzeug und das Stimmgerät meiner Gitarre. Beim Zähneputzen konnte ich kaum noch stehen und die schöne Einrichtung im Bad nahm ich gar nicht mehr war. Wieso wurde ich immer so schlagartig müde?

Ich schaltete das Licht aus und tastete mich bis zum Bett vor. Dann sank ich in die Kissen und schlief mit dem Meeresrauschen im Hintergrund, das ich durchs offene Fenster hörte, ein.

3 Kapitel

Ein nervöses Piepen riss mich brutal aus meinen Träumen.

»Halt die Klappe!«, murmelte ich und schlug auf die Snooze-Taste des Weckers. Wenigstens hatte ich noch neun Minuten. Wobei diese neun Minuten auch keinen weiterbrachten, danach war man genauso müde wie vorher. Ich drehte mich schwerfällig auf die andere Seite und versank erneut in meinen Träumen. Aber nur, um kurz darauf wieder aus dem Schlaf gerissen zu werden. Ich setzte mich auf, streckte mich und knipste die Nachttischlampe an.

Wo war ich?

Für einen kurzen Moment fragte ich mich ernsthaft, wie ich hierhin gekommen war. Langsam kehrte die Erinnerung an gestern zurück. Ich schüttelte den Kopf, es war schon verrückt. Dann schlug ich die Decke zurück und schlurfte zum Fenster. Das Bett zu verlassen, tat mir in der Seele weh. Mit einem Ruck zog ich die Vorhänge beiseite und kniff sofort die Augen zusammen. Blinzelnd klärte sich meine Sicht. Die Flut kam und ließ sich von der Morgensonne bescheinen. Goldene Wellen und weisse Gischt. Der Garten dagegen lag noch im Schatten und zwischen den Bäumen flogen ein paar Vögel hin und her. Ich schloss das Fenster und irgendwann fiel mir dann auch ein, dass ich ja nicht ewig Zeit hatte. Ich ging zum Schrank hinüber, kramte Klamotten heraus und stiefelte ins Bad. Von Jake war glücklicherweise nichts zu hören. Jetzt nahm ich mir auch die Zeit, das Bad eingehend zu betrachten. Der Raum war quadratisch, fensterlos und dunkel gefliest. Neben dem Waschbecken stand ein Regal mit Handtüchern, aber das i-Tüpfelchen waren der flauschige Teppich und die Regendusche. Es sah aus wie eine Wellness Oase, für mich zumindest. Gut, die Waschmaschine und der dahinter geklemmte Wäscheständer passten nicht dazu, aber egal.

Ich stieg unter die Dusche, da ich den Regen auf der Stelle ausprobieren wollte. Ich ließ das Wasser auf meine Haut prasseln und massierte meine Kopfhaut, wodurch ich ein Stück wacher wurde. Schließlich wollte ich vorbereitet sein für meinen ersten Tag hier. Als ich dann fertig war, sah ich mich nach einem Föhn um, denn ich hatte keinen mitgenommen. Glücklicherweise lag einer im Schrank, hier war wirklich für alles gesorgt. Während ich meine Haare zu zwei Zöpfen flocht, fiel mir auf, dass sich heute Morgen keine Augenringe in meinem Gesicht abzeichneten.

Der Tag ging bisher ganz gut los. Und jetzt, wo ich mein Zimmer und auch das Bad gesehen hatte, war ich mir sicher, dass diese Schule reicher war als Großmutter und das sollte schon etwas heißen.

Schließlich ging ich zurück ins Zimmer und kramte meine andere Tasche aus dem Schrank. Ein bunter Beutel mit Reißverschluss würde hier als Schultasche wohl reichen. Gestern war ich zu müde gewesen, um sie noch zu packen. Auf dem Schreibtisch lag mein Stundenplan, den Jake mir irgendwann noch gegeben hatte. Ich nahm ihn in die Hand und las mir den Mittwoch durch. Doppelstunde in Kunst, Musik, dann Naturwissenschaften, Mathe und Sozialwissenschaften. Ich stopfte einen Ordner, zwei Blöcke und ein Etui in meinen Beutel. Dann sah ich auf die Uhr. Es war Punkt sieben und es gab endlich Frühstück. Mein Magen knurrte sich die Seele aus dem Leib, da Seeluft ja bekanntlich hungrig machte.

Ich wollte schon losgehen, bis mir einfiel, dass ich auf Jake warten musste. Natürlich hätte ich auch einfach abzischen können, aber Herr Winns hatte ausdrücklich gesagt, dass ich mich an Jake halten sollte. Und mit dem Direktor wollte ich mich nicht anlegen, seine Augen konnten bestimmt Menschen verbrennen. Mit meiner Tasche über der Schulter stand ich bereits an der Tür, als sich Jakes Zimmertür öffnete und er fertig angezogen zu mir herüberkam.

»Morgen!«, sagte ich, als ob nichts wäre.

»Morgen!«, sagte auch Jake.

»Wolltest du schon gehen?«

»Nein«, meinte ich und versuchte so arrogant zu klingen wie er. »Ich habe schön brav gewartet, wie du und der Direktor das wollten.« Ich starrte ihn stumm an. Jake fuhr sich durch die Haare und verdrehte die Augen.

»Was?«, fragte ich.

»Ja, ja«, antwortete er. »Lass uns lieber hinunter gehen. Ich habe Hunger.«

»*Ja, ja* heißt: leck mich am Arsch.« Jake nahm keine

Notiz von meinem Kommentar, trat auf den Flur und und schloss die Tür hinter mir ab. Gott sei Dank hatte ich meinen Schlüssel eingesteckt. Auf dem Flur waren noch ein paar andere unterwegs, alle waren noch müde und gähnten unaufhörlich. Ich ließ Jake vorgehen, da ich, um ehrlich zu sein, vergessen hatte, wo es zum Speisesaal ging. Im ersten Stock gesellten sich noch weitere zu uns, von denen zwei Jake bereits zu kennen schienen. Er machte sich nicht die Mühe, mich vorzustellen und ich sagte auch nichts. Wir durchquerten die Eingangshalle, gingen durch die Glastür, dann ein Stück geradeaus und bogen anschließend nach rechts in einen weiteren Flur ab. An dessen Ende führte eine Treppe hinunter. Im Keller gab es eine breite Flügeltür und um die Ecke lag ein dunkler Flur.

Jake öffnete die Tür und unsere kleine Gruppe strömte in den Speisesaal. Etwas Tageslicht fiel durch die kleinen Kellerfenster. Die Wände waren hellorange gestrichen und der Fußboden (wie überall hier) aus dunklem Holz. An der rechten Wand stand ein langer Tisch auf dem sich eine Menge Essen befand. Es duftete nach Kakao und frischen Brötchen und mein Magen knurrte empört.

Auf der linken Seite standen drei lange Tische (größtenteils leer) und hinten ein runder, an dem bereits vier Personen saßen. Ich fragte mich, wie vier Personen eine ganze Schule mit drei Jahrgängen managen konnten. Aber einer von Jakes Freunden meinte eben, dass hier immer akuter Lehrermangel herrschte. Ich erkannte Herr Winns, der in etwas Undefinierbaren herumstocherte. Er schien eine Vorliebe für sowas zu haben.

Rechts neben dem Direktor saß ein kleiner Mann, der einen Pullunder trug und ziemlich alt war. Seine weiß-grauen Haare standen vom Kopf ab. Hatte er einmal einen heftigen Stromschlag bekommen und die Haare waren so stehen geblieben? Irgendwie erinnerte er mich auch an Albert Einstein. Ich musste grinsen, hier verstieß man wahrscheinlich täglich gegen sämtliche Naturgesetzte. Oder wir waren, während ich im Auto geschlafen hatte durch ein Portal gefahren und in einer anderen Wirklichkeit gelandet. Aber, was war letztendlich real?

Die beiden Frauen am Tisch sahen schon deutlich normaler aus. Nummer eins war klein, aber immer noch größer als Einstein und hatte lange hellblonde Locken. Nummer zwei dagegen war einen ganzen Kopf größer, schaute etwas verkniffen und hatte ihre schwarzen Locken zu einem Pferdeschwanz gebunden.

Jake ging zum Buffet hinüber, das einiges zu bieten hatte. Verhungern würde ich hier nicht! Kakao, Kaffee, Orangensaft, Wasser, Brötchen, Croissants, Marmela-de, Butter, Honig, Käse, Wurst, Tomaten, Gurken, Müs-li, Joghurt und Milch. Umfangreich — konnte ich da-zu nur sagen, nahm mir einen Teller und Besteck und entschied mich für ein Brötchen mit Marmelade und ein paar Tomatenscheiben. Zu meiner großen *Freude* stellte Jake seinen Teller gegenüber von mir ab. Ich lief noch einmal zurück um mir ein Glas Kakao zu holen. Wir beide aßen schweigend. Jake war irgendwie abwei-send.

Hatte er etwas gegen mich? Oder lag das an seiner Art? Ging er mit seinen Freunden eigentlich auch so um? Hatte er überhaupt Freunde? Wenn nicht, hatten wir etwas gemeinsam und dieser Gedanke gefiel mir nicht.

Meine Gedanken fingen an, wieder einmal verrückt zu spielen. Das taten sie immer wenn ich über etwas nachdachte. Ich hatte einmal den Trick, an einen rosa Elefanten auf einer Blumenwiese zu denken, ausprobiert, aber bei mir half er nicht. Ich trank noch einen Schluck Kakao. Langsam neigte sich das Frühstück schon dem Ende zu. Jake und ich deponierten die Teller auf dem klapprigen Wagen und verließen den Speisesaal. Ich war ein bisschen aufgeregt. Wer würde in meine Klasse kommen? Wie waren die Lehrer? Wie würde der Unterricht werden? Wie würde es hier generell werden? Es ging wieder die Treppe hinauf und den Flur entlang, bis Jake vor einer Tür stehen blieb. »Deine Klasse«, sagte er knapp. »Ich hole dich nachher wieder ab.« Dann ging er mit schnellen Schritten davon und verschwand im Keller. Eine kleine Verabschiedung wäre ja noch nett gewesen, aber das brauchte ich mir von ihm wohl nicht zu erhoffen.

Ich öffnete vorsichtig die Tür, um die Aufmerksamkeit nicht auf mich zu ziehen. Alles blieb still. Ich lugte um die Ecke, stellte fest, dass noch niemand da war und sah mich erst einmal in Ruhe um. Es sah ganz nett aus, geschmackvoller als die tristen Klassenräume meiner alten Schule. *Alte Schule*, das klang irgendwie seltsam. Innerlich lachte ich meine alten Mitschüler aus, die sich jetzt ein weiteres Jahr dort herumschlagen mussten. Ja, ich war schadenfroh, aber ich empfand auch Genugtuung dabei.

In diesem Raum waren die Wände rot gestrichen. An der Wand hing eine Tafel mit einem noch sauberen Tafelschwamm. Davor standen ein Pult und Tische, von denen es aber nur zwei Reihen gab. Wie viele sollten denn hier bitte hineinpassen? Zehn? Ansonsten gab es nur noch einen Schrank und ein Waschbecken. Eigentlich hatte ich etwas Magischeres erwartet, aber es sah ganz normal aus. Ich ließ mich auf den Platz in der ersten Reihe ganz rechts am Fenster fallen. Aber leider ging das Fenster nicht zum Hof hinaus. Ich öffnete es und schnappte ein bisschen frische Luft. Wenn man sich weit hinauslehnte, konnte man den Rand des Parkplatzes sehen, sonst nur Gras und Bäume.

Ich zog meinen Block hervor und begann die erste Seite vollzukritzeln, während ich auf meine neuen Mitschüler wartete. Ob ein paar von ihnen wohl Jake kannten? Könnte ich so vielleicht erfahren, warum er so war? Nach ein paar Minuten hatte das Warten ein Ende und eine Gruppe Jungen betrat den Raum. Voraus ein Blonder, der mindestens einen Kopf größer war als ich. Und er setzte sich direkt neben mich.

»Hi«, meinte er nach einer Weile des Schweigens. »Ich bin Lars.

Ich blickte zu ihm auf. »Lanu«, antwortete ich. Dann herrschte wieder Schweigen. Ich kritzelte weiter auf meinem Block. Lars redete mit den anderen Jungen. Warum tat ich mich nur so schwer mit Menschen? In den folgenden Minuten füllte sich auch die zweite Reihe, nur mit Mädchen. Sie tuschelten. Eine von ihnen mit Ohrringen, von denen man blind werden konnte, zeigte auf mich, genauer gesagt auf meine

Haare. Ich drehte mich nach vorne, damit sie sie besser bewundern konnten. Oder darüber lästern. Von denen hatte schließlich auch die Hälfte blondierte Haare, und das war noch auffälliger als meine Haarfarbe.

Dann öffnete sich die Tür und die kleine Frau mit den hellblonden Locken, die ich schon beim Frühstück gesehen hatte, trat ein. Sie lud ihre Tasche auf dem Pult ab und klatschte ein paar Mal in die Hände, bis auch die Zicken-Clique hinter mir ruhig war.

»Guten Morgen!«, sagte sie gut gelaunt. »Ich bin Frau Büring, eure neue Klassenlehrerin. Ihr habt Kunst und Musik bei mir, außerdem bin ich für das Element Wasser zuständig.« Kurz und kompakt. Wir waren inzwischen aufgestanden und wollten schon »Guten Morgen Frau Büring« leiern, aber sie winkte ab.

»Lasst mal«, Frau Büring sah in die Runde. »Wer hilft mir beim Bücher austeilen?« Ich hob meine Hand. Ein guter Eindruck konnte nie schaden. Sie schloss den Schrank auf und ich begann mit Lars, der sich ebenfalls gemeldet hatte, die Bücher von allen Fächern auszuteilen. Immer, wenn ich an der hinteren Reihe entlang ging, musterten die Mädchen mich von oben bis unten. Ich versuchte, sie weitestgehend zu ignorieren.

»Warum hast du bunte Haare?«, fragte mich dann aber doch ein Mädchen.

»Ich mag die Farbe«, antwortete ich, was nicht einmal gelogen war und grinste sie frech an, bevor ich zum Schrank zurückging. Als dieser leer geräumt war und wir uns wieder gesetzt hatten, forderte Frau Büring uns auf, erst einmal etwas zu zeichnen. Sie wollte sich dann anschauen, wie unser Zeichenstil aussah.

Weil mir nichts einfiel, drehte ich mich kurzerhand zum Fenster und begann, den Baum abzuzeichnen. Die Wurzeln im Gras, die Struktur der Rinde und eine Maus, die durchs Gras huschte. In Wirklichkeit war da natürlich keine, aber ich wollte dem Bild noch das gewisse Etwas verleihen. Lars zeichnete einen Kaninchenstall. Ich sah ihn fragend an und er erzählte mir kurz von seinem früheren Zuhause. In der fünften Klasse war er umgezogen nach Niedersachsen, wenn ich das richtig verstanden hatte.

Überhaupt war der Unterricht sehr entspannt. Alle unterhielten sich und man konnte sich trotzdem noch konzentrieren. In Musik gingen wir ins Dachgeschoss hinauf, in einen Raum, der etwas größer war als mein Zimmer und in dem ein Klavier stand. Frau Büring konnte von Klassik bis Rock und Pop einfach alles spielen, was sie auch tat. Und wir sangen dazu. Kurzum, nach den ersten drei Stunden hatte ich richtig gute Laune. Das änderte sich allerdings in Naturwissenschaften ganz schnell wieder. Der, den ich für Albert Einstein Junior gehalten hatte, stellte sich als Professor Doktor Zweistein vor. Ich musste mich echt zusammenreißen, nicht laut loszulachen, als ich den Namen hörte. Und so lustig das alles auch anfing, so frustrierender wurde es dann.

»Wer von euch kann denn das Periodensystem auswendig?« Nur Lars hob die Hand und mir schwante Unheil. Professor Zweistein verkündete, dass wir uns zuerst darum kümmern würden. Dann begann er über den Lehrplan zu reden und mir wurde langweilig, weil ich mindestens die Hälfte schon von meiner alten Schule kannte. Es würde wohl so ablaufen, dass wir die gewöhnlichen Naturwissenschaften lernten, was mich etwas wunderte.

Ich sah aus dem Fenster, wo immer noch der Baum stand. Hätte mich auch gewundert, wenn nicht. Ich wurde langsam wieder müde und atmete hörbar erleichtert aus, als es klingelte. Professor Zweistein starrte verwirrt auf seine Armbanduhr, packte sein Zeug zusammen, das er im Laufe der Stunde übers Pult verstreut hatte und verließ schleunigst den Raum.

Kaum war die Tür ins Schloss gefallen, nahm die Lautstärke schlagartig zu. Das Getuschel vermischte sich mit den Diskussionen über Fußball. Gab es wohl so etwas wie eine Element-Liga? Die Minuten bis zum Klingeln verstrichen, aber niemand tauchte auf. Gleich am ersten Tag zu spät zu kommen machte einen sehr *guten* Eindruck. Zugegeben, ich war auch nicht immer pünktlich, aber wenigstens am ersten Tag.

Ich schwelgte schon in der Vorstellung einer Freistunde, freute mich dann aber doch zu früh. Die Frau mit den dunklen Locken betrat den Raum. Sie war ungewöhnlich groß und sah nicht gerade gut gelaunt aus.

»Guten Morgen«, blaffte sie. »Ich bin Inga Altmann und unterrichte Mathematik und Sozialwissenschaften.« Naja, besonders sozial sah sie nicht aus. Und sie redete auch nicht die ganze Stunde durch, sondern schrieb einfach Aufgaben an die Tafel und setzte sich hinters Pult. Toll! Wir zeichneten also Diagramme und sie rief jedes Mal, wenn jemand etwas sagte, dass wir leiser sein sollten. Ich steckte ihr die Zunge heraus, wenn sie nicht hinguckte. Auch die zweite Stunde wurde nicht interessanter. Wir sollten aufschreiben, was wir schon alles in Politik und co. gelernt hatten. Ich grübelte eine halbe Stunde vor mich hin, bis mir etwas einfiel. Und ich nahm alles zurück, was ich eben über Professor Zweisteins Unterricht gedacht hatte. Der würde, wenn man es so betrachtete, doch recht interessant werden. Aber das hier war wirklich stinklangweilig. Wahrscheinlich ließ ich mich für zu wenig begeistern.

Der krönende Abschluss bestand darin, sich irgendwelche Seiten im Buch durchzulesen und einen Aufsatz darüber zu schreiben, als Hausaufgabe natürlich. Ich hatte schlechte Laune. Lars zuckte nur hilflos mit den Schultern. Dazu kam noch, dass ich das Gefühl hatte Frau Altmann würde ausschließlich mich beobachten. Sie war mir unheimlich, genau wie Herr Winns. Aber bevor ich weitere Verschwörungstheorien aufstellen konnte, klingelte es.

So schnell es ging, packte ich meine Sachen zusammen und flüchtete auf den Flur. Draußen lehnte ich mich an die Wand und ließ meinen Blick über die Menge aus Schülern schweifen. Wenn das alle Schüler waren, musste es tatsächlich nur sehr wenige von unserer Art geben. *Unsere Art*, das klang mindestens so seltsam wie *alte Schule*.

Jake war nicht zu sehen. Die Menge, die man eigentlich nicht als Menge bezeichnen konnte, strömte die Treppe hinunter, aber er wollte nicht auftauchen. Mein Magen knurrte. Von unten drangen Stimmen herauf. Das Essen würde kalt sein, bis ich kam. Den Weg kannte ich noch von heute Morgen, und so ging ich schließlich einfach los. Es war Jakes Problem, wenn er nicht kam. War ich ein Kleinkind ohne Orientierungssinn? Lars hatte … Doch, er war von einem älteren Schüler abgeholt worden. Ich lief weiter den Flur entlang und die Treppe hinunter. Gerade, als ich die Tür zum Speisesaal öffnen wollte, hielt mich jemand an der Schulter fest. Ich musste mich gar nicht erst umdrehen, um zu wissen, wer es war.

»Was sagte ich?«, fragte er mit unüberhörbarer Arroganz. Ich verdrehte die Augen.

»Wenn du nicht kommst, selber Schuld. Außerdem bin ich durchaus in der Lage zwanzig Meter alleine zu gehen.« Ich sah ihn triumphierend an. »Können wir jetzt bitte hineingehen, ich habe Hunger!«

Jetzt verdrehte Jake die Augen, er schien nicht mehr mit mir reden zu wollen. Tja, das war eben wieder sein Problem. Ich drehte mich um und öffnete schwungvoll die Tür. Genau wie heute Morgen schlug mir ein unglaublich leckerer Geruch in die Nase und mein Magen krampfte sich zusammen. Alle unterhielten sich, ob am Buffet oder am Tisch, es war laut. Auf meinem Teller landeten Nudeln mit Sahnesauce und Gemüse. Das Fleisch ließ ich weg, ich hatte nicht vor, meine Laufbahn als Vegetarierin zu beenden. Der nächste freie Platz war neben Lars. Ich stellte Tasche und Teller ab, setzte mich und seufzte innerlich, als Jake mir gegenüber Platz nahm. Ich ignorierte ihn. Lars neben mir unterhielt sich derweil mit den anderen Jungs aus meiner Klasse, deren Namen ich mir nicht merken konnte. Mit mir redete niemand, aber für den Moment war das ganz gut so. Ich brauchte erst einmal Ruhe und etwas im Magen.

Als ich fertig war, brachte ich meinen Teller zum Klapperwagen, ging zum Platz zurück und wartete auf Jake. Ich hatte keine Lust, von ihm angemeckert zu werden. Was er glücklicherweise auch nicht tat, während wir den Speisesaal verließen und die Treppen hochstiegen. Oben verschwand Jake sogleich in seinem Zimmer.

Ich ließ mich aufs Bett fallen. Es war zwar erst vierzehn Uhr, aber mir kam es vor, als wäre ich seit Wochen auf den Beinen. Es gab so viele neue Eindrücke, und es war der erste Schultag nach den Ferien. Im Moment hatte ich keine Lust auf irgendetwas, setzte mich schließlich aber doch an den Schreibtisch und las die Seite für den Aufsatz im Buch. Doch ich verstand kein Wort. Der Text schien nur aus Fachbegriffen zu bestehen, die nirgendwo im Buch erklärt wurden. Und, wenn doch, hatte ich die Seite übersehen. Ein Duden wäre jetzt das Richtige, aber ich hatte keinen. Frau Altmann meinte wohl, uns auf komplett eigene Faust arbeiten lassen zu müssen. Ein paar Dinge hätte sie ruhig erklären können. Ich stand ohne zu zögern auf und lauschte kurz an Jakes Tür. Ihm würde ich ganz sicher nicht Bescheid sagen, nur, weil ich mal eben in die Bibliothek wollte. Auf dem Flur war niemand. Meine Schritte hallten von den Wänden wider, so leer war es ein Bisschen gruselig. Wo waren denn alle?

Die schwere Holztür knarzte beim Öffnen so sehr, dass ich dachte, sie würde gleich aus den Angeln fallen und Herr Winns würde aus dem Nichts auftauchen und mich mit seinen roten Augen durchbohren.

Ich lugte um die Ecke. Die Bibliothek war größer, als ich sie mir vorgestellt hatte. Gleich vorne standen einige Tische, Sofas und andere Sitzgelegenheiten. Die Wände waren dunkelrot und der Fußboden, wie nicht anders zu erwarten, aus dunklem Holz. Rechts und links vom Mittelgang standen Regale, deren Reihen sich bis ans Ende des langen Raumes zogen. Ich traute mich nicht, ein Geräusch zu machen, so still war es hier. Ich schritt die Regale entlang, fand ein Lexikon und notierte mir alles auf einen Zettel, was ich fand. Man musste sich ja nur zu helfen wissen. Dann ging ich schnurstracks wieder in mein Zimmer und brauchte eine ganze Stunde für den doofen Aufsatz. Allerdings, das konnte ich nicht leugnen, wusste ich jetzt deutlich mehr über das Grundgesetz. Für die Elemente gab es das auch, in abgewandelter Form und deutlich komplizierter, das hatte Frau Altmann erwähnt.

Ich hatte nie verstanden, warum man irgendwann keinen Mittagsschlaf mehr machte, dass war doch Entspannung pur. Vielleicht lag es aber auch daran, dass ich ein extrem hohes Schlafbedürfnis hatte oder daran, dass Seeluft einfach müde machte. Doch kaum war ich eingeschlafen, wurde ich auch schon wieder geweckt. Zumindest kam es mir so vor.

»Kann ich dein Rollo wieder hochziehen? Ich renne sonst vor den Schrank, so dunkel wie es hier ist«, fragte Jake.

»Ich schlafe!«, murmelte ich.

»Kann ich das Rollo wieder hochziehen?«, fragte er noch einmal.

»Ich schlafe immer noch!«, sagte ich und starrte ihn wütend an, obwohl er mich im Dunkeln nicht sehen konnte.

»Sehr informativ«, meinte Jake.

»Nein!«, antwortete ich schließlich. »Wenn es hell ist, kann ich nicht schlafen. Und wenn du vor den Schrank rennst, ist das dein Problem. Und jetzt raus!«

Ich hörte Jake seine Zimmertür schließen und dann in Richtung der anderen Tür gehen. Und er rannte tatsächlich (Überraschung!) gegen meinen Schreibtisch.

»Ah, scheiße!«, fluchte er.

Dann fiel die Tür ins Schloss und ich konnte weiterschlafen. Eine Stunde später saß ich mit Jake beim Abendessen, nachdem er mich geweckt und ich ihn mit Kissen beworfen hatte. Das hatte ihn nur leider überhaupt nicht gestört. Was hatte sich Herr Winns bei der Zimmeraufteilung bloß gedacht?

»Kein Fleisch?«, fragte Jake kauend, das war ihm scheinbar jetzt erst aufgefallen.

»Ich bin Vegetarierin«, antwortete ich ihm.

»Aha«, war seine Antwort, für Jake schien das Gespräch schon wieder beendet. Er steckte sich demonstrativ ein Stück Hähnchen in den Mund. Ich kaute zur Antwort an einem Stück Brokkoli. Ein stummer Dialog, über den ich schon fast lachen musste. Lars hätte hier sein und sich eine Spaghetti durch die Lücke zwischen seinen Schneidezähnen ziehen müssen.

Wir saßen allerdings neben Leuten, die Jake kannte und ich nur einmal kurz auf dem Flur gesehen hatte. Alle schienen schon Freunde gefunden zu haben oder sich aus dem letzten Jahr zu kennen. Ich war immer noch Einzelgängerin. Mit Jake verstand ich mich ja auch offensichtlich nicht, ansonsten hatte ich bisher nur mit Lars geredet. Aber der saß zwei Tische entfernt. Ich hätte mich gerne mit ihm unterhalten.

Irgendwie hatte ich mir das ganze hier magischer vorgestellt, zumindest die Menschen. Noch hatte ich nichts in der Art gesehen, doch wer wusste, was wir morgen lernen würden. Hoffentlich wie man dieses nervige Kribbeln abstellte. Heute morgen unter der Dusche war es wieder unerträglich gewesen. Außerdem musste ich mir mehr Bücher zulegen, um die Zeit, in der ich nicht lernte, auszufüllen. Die ganze Zeit Gitarre spielen war keine Möglichkeit, da taten selbst mir irgendwann die Finger weh. Ach ja, um Freunde konnte ich mich auch einmal kümmern.

4 Kapitel

Der zweite Morgen verlief fast genauso wie der erste. Nur beim Aufwachen spürte ich ein erwartungsvolles Kribbeln im Bauch. Ich quälte mich aus dem Bett, wusch meine Haare und hatte keine Ahnung, was ich anziehen sollte. Draußen war es schwül und auch hier im Zimmer konnte man es kaum aushalten. Ich zog das Rollo nur ein bisschen hoch, damit die Sonne den Raum heute Mittag nicht noch mehr aufheizte. Da ich meine Tasche gestern schon gepackt hatte, hatte ich im Bad etwas mehr Zeit. Nur lag meine Uhr noch auf dem Bett und ich hatte sie natürlich nicht im Blick.

»Bist du mal langsam fertig?«, fragte Jake genervt von draußen und klopfte an die Tür.

»Gleich«, antwortete ich, verdrehte die Augen und ließ mir für meinen Zopf noch ein bisschen Extra-Zeit. Wie ich schon so oft sagte, es war sein Problem, wenn er auf mich wartete. Ich war eine eigenständige, junge Frau, also meistens. Als ich fertig war, öffnete ich die Badezimmertür, ging wortlos an Jake vorbei. Dann nahm ich meine Tasche und meine Uhr und öffnete die Tür. Auf der Hälfte des Flurs stieß Lars zu uns, bestens gelaunt.

»Morgen!«, sagte er.

»Morgen«, sagte auch ich. Große Lust auf Konversation hatte ich zwar nicht, wollte aber auch nicht unhöflich sein. Im Speisesaal waren wir mit unter den ersten.

»Und deswegen machst du so einen Stress?«, fragte ich Jake. Wir hatten schließlich eine volle Stunde Zeit zum frühstücken. Er antworte nicht und legte ein Brötchen auf seinen Teller. Ich aß Müsli und trank einen Kaffee. Jake saß mir leider wieder gegenüber, nahm aber keine Notiz von Lars und mir. Wir unterhielten uns ganz in Ruhe.

»Bist du aufgeregt?«, fragte Lars mich.

»Nein. Wieso?«, fragte ich mit gerunzelter Stirn zurück und verschluckte mich an ein paar Cornflakes.

»Naja«, meinte er, während ich hustete, »Immerhin fangen wir heute damit an, zu lernen, wie wir mit unseren Kräften umgehen. Am Anfang kommen natürlich einfache Sachen, aber es kostet viel Kraft, das sag ich dir. Mit der Zeit kommt man damit besser klar, aber mach dich auf Kopfschmerzen gefasst.«

Ich kam mir doof vor: »Woher weißt du das alles?«

»Mein Bruder war hier und hat mir ein paar Sachen erzählt, meine Eltern auch. Aber das ist in den meisten Familien so.« Tja, in meiner wohl nicht.

»Großmutter hat mir nicht mal erzählt, dass es das hier alles gibt. Das habe ich vor sage und schreibe zwei Tagen erfahren.« Lars guckte kurz ungläubig.

»Das klappt schon irgendwie«, er versenkte seine Zähne in einer Banane. Ich schaufelte mir den Rest Müsli in den Mund und wartete, bis auch Jake endlich fertig war. Aber anstatt sich bei mir zu bedanken oder ähnliches, brachte er mich wortlos nach oben. Dann bog er auch schon um die Ecke. Ich warf ihm einen bösen Blick hinterher und ging mit Lars in die Klasse.

»Wir fangen mit einfachen Sachen an«, erklärte Frau Büring. »Bis ihr das Wasser richtig im Griff habt, kann es ein paar Wochen dauern. Ihr könnt auch gerne in der Freizeit üben, je mehr, desto schneller können wir mit den spannenden Sachen anfangen. Und wundert euch nicht über die Kopfschmerzen. Besonders am Anfang ist eure Kraft schnell aufgebraucht. Das Regenerieren kann ein paar Stunden dauern. Mit der Zeit wird das aber weniger und man gewöhnt sich daran.«

Aha. Sie ging zum Schrank, holte Gläser heraus, füllte sie mit Wasser und verteilte sie an uns.

»So«, meinte sie und lehnte sich ans Pult. »Dann probiert mal, einzelne Tropfen in der Luft schweben zu lassen. Los, fangt an!« Ich zog mein Glas näher zu mir und schon kribbelten meine Hände. Ich versuchte mich voll und ganz auf das Wasser zu konzentrieren und stellte mir vor, wie ein Tropfen für kurze Zeit in der Luft schwebte. Aber nur die Wasseroberfläche kräuselte sich. Ich konzentrierte mich stärker. Von dem, was um mich herum geschah, nahm ich schon gar nichts mehr wahr. Ich war voll und ganz auf das Wasser fokussiert, aber es wollte einfach nicht funktionieren. Dann, fast automatisch, hob ich meine Hand. Vor meinem ausgestreckten Zeigefinger löste sich ein Tropfen vom Wasser und schwebte in der Luft. Alles um das Glas herum war seltsam verschwommen. Ich bewegte meine Hand ein Stück nach rechts und der Tropfen flog hinterher.

»Wie machst du das?« Ich schreckte auf, der Tropfen fiel zurück ins Glas. Ich blinzelte ein paar Mal und nahm langsam wieder meine Umgebung wahr.

»Erschreck mich doch nicht so!«, sagte ich empört und sah zu Lars auf. Der schaute verwundert zwischen mir und meinem Wasserglas hin und her. Ich sah mich kurz im Raum um. Frau Büring saß auf dem Pult und beobachtete uns. In der hinteren Reihe und bei den anderen Jungs war es ausnahmsweise einmal ruhig.

»Bist du noch anwesend?«, Lars wedelte mit der Hand vor meinem Gesicht herum. Was war noch einmal seine Frage?

»Wie hast du das gemacht?«, wiederholte er sich, als er meinen fragenden Blick bemerkte.

»Nimm die Hand dazu«, antwortete ich ihm. Lars drehte sich sofort wieder zu seinem Glas. Konzentriert starrte er darauf. Als sich die Wasseroberfläche zu kräuseln begann, hob Lars wie ein Roboter seinen Arm. Hatte das bei mir auch so ausgesehen? Im nächsten Moment schwebte ein Tropfen in der Luft.

Faszinierend.

Ich wandte mich wieder meinem Glas zu. Es ging jetzt schon viel einfacher. Ganz vorsichtig trieb ich den Tropfen in Richtung Lars. Und schleuderte ihn gegen seinen Tropfen. Sie zerplatzten in der Luft wie Seifenblasen und Minitröpfchen regneten auf den Tisch.

»Was soll das?«, fragte Lars gespielt sauer, dann mussten wir beide lachen. Es war viel interessanter und lustiger, als ich erwartet hatte. Es klingelte. Ich hatte ein Viertel des Tages überstanden und ging auf den Flur, um mir die Beine zu vertreten. Aber ich kam nicht weit. Jake stand dort und redete mit einem Zwillingspaar, das aussah wie eine Spiegelung. Irgendwann hatte ich sie schon einmal gesehen, mir wollte nur nicht einfallen, wann.

»Coole Haare!«, meinte dann einer von ihnen. Sein Bruder nickte, Jake sah über mich hinweg und winkte jemandem zu.

»Danke!«, sagte ich, sah auf meine Uhr und ging wieder in die Klasse. Jakes Freunde waren mir wesentlich sympathischer als er selbst. Es klingelte zu zweiten Stunde, kaum, dass ich mich wieder hingesetzt hatte. Die Zeit verging heute ungewöhnlich schnell. Als alle soweit waren und einen Tropfen in der Luft schweben lassen konnten ging es darum, genau das mit dem Inhalt des ganzen Glases zu tun. Zuerst hörte es sich sehr einfach an, aber Lars hatte doch recht damit, was er mir beim Frühstück erzählt hatte. Ich brauchte unzählige Anläufe, bis wir es schließlich zusammen probierten. Zwischen unseren ausgestreckten Händen schwebten geschätzte zweihundert Milliliter Wasser. Ich zog meine Hand etwas zurück und das Wasser dehnte sich aus wie Kaugummi, bis es auseinander riss. Ich hatte Mühe, den Riesenschluck noch in der Luft zu halten. Obwohl ich das Wasser nicht einmal direkt in der Hand hielt, war es verdammt schwer. Unsichtbare Gewichte zogen an meinem Arm. Irgendwann hielt ich es nicht mehr aus und ließ alles in mein Glas zurücklaufen. Frau Büring nickte mir anerkennend zu und ich war stolz auf mich.

Die letzten zwei Stunden beinhalteten Theorie. Es war alles andere als einfach und bereits nach einer brummte mir der Schädel. Wenn ich etwas nicht kapierte, fragte ich Lars und andersrum. Wenn wir beide nicht weiterwussten, zuckte er nur mit den Schultern und meinte, dass uns irgendwann schon ein Licht aufgehen würde und zur Not könnte man ja nachfragen. Frau Büring erzählte alles, was sie übers Wasser wusste und sie sagte, dass es auch nächste Woche Theoriestunden geben würde. Am Ende der vierten Stunde verkündete sie dann noch, dass wir das alles bis nächsten Donnerstag lernen sollten. Jake hatte mich ja gewarnt! Nach Schulschluss lief ich den Flur herauf und herunter, da er wieder auf sich warten ließ. Als Jake die Treppe hochkam, öffnete sich noch eine Tür und die Zwillinge von heute Morgen gesellten sich zu ihm.

»Hallo Violett«, meinte der eine und grinste. Ich wusste ehrlich nicht, ob es derselbe war, der auch heute morgen etwas gesagt hatte.

»Lanu!«, korrigierte ich ihn dann und ging vorweg Richtung Eingangshalle. Spitznamen konnte ich nicht leiden. Oben angekommen schloss ich die Tür auf. Bevor sie hinter Jake zufallen konnte, rief einer seiner Kumpels: »Samstag Abend?«

»Geht klar!«, antwortete Jake ihm. Was hatten die vor? Ich sah ihn fragend an.

»Wir bleiben auf dem Gelände«, sagte der und ging in sein Zimmer. Ich hatte gehofft, ihn ärgern zu können, wo er doch sonst so auf die Regeln von Herr Winns achtete. Verdammt! Ich öffnete ein Fenster und hörte den Möwen draußen zu, die sich gegenseitig anschrien. Aber eine sinnvolle Beschäftigung war das auch nicht und bis zum Mittagessen waren es noch eineinhalb Stunden. So kramte ich meinen Block aus der Tasche und brachte meine Notizen in eine ordentliche Form. Schaden konnte es nicht. Als ich fertig war, bemerkte ich leichte Kopfschmerzen. Bitte nicht! Ich trank einen Schluck und wollte weiterlernen, konnte mich aber nicht mehr konzentrieren. Von zwei Stunden konnte man doch nicht gleich solche Kopfschmerzen bekommen. Aber meine Notizen waren ordentlich und ich beschloss, sie mir morgen noch einmal durchzusehen. Unter meiner Schädeldecke pochte es unaufhörlich.

Als Jake dann aus seinem Zimmer kam hatte ich kopfschmerzbedingte, schlechte Laune. Jake war das völlig egal, es fiel ihm nicht einmal auf. Irgendwie landete ich auf einem einzelnen freien Platz neben Lars und Jake, der musste sich bedauerlicherweise woanders hinsetzen. Lars erzählte mir, wann er was lernen wollte und ich erklärte ihm mein Notizenprinzip.

»Die Arbeit mache ich mir nicht«, meinte Lars nur.

»Und du fragst mich bitte nicht mehr nach Fachbegriffen. Das ist meine chronische Schwäche, ich kann sie mir einfach nicht merken!«, ergänzte ich.

»Das habe ich heute gemerkt.«

Ich streckte ihm die Zunge heraus und widmete mich meinem Essen. Tomatensuppe mit Klössen, Nudeln und Gemüse. Ein Traum! Am späten Nachmittag saß ich auf meinem Bett und spielte Gitarre, einfache Tonleitern und Akkorde, die ich zwischendurch immer mal übte. Drei Tage lang hatte ich nicht gespielt und bekam langsam Entzugserscheinungen. Lars hatte mich nach dem Essen noch gefragt, ob ich mit Basketball spielen wollte. Anscheinend gab es draußen irgendwo einen Platz. Hatte Jake das irgendwann erwähnt? Aber ich hatte dankend abgelehnt, mit den Kopfschmerzen konnte ich mich, wie gesagt, nicht konzentrieren. Lars hatte keine Schmerzen.

Ich sah aus dem Fenster. Ein kleiner Spaziergang vor dem Abendessen konnte nicht schaden. Ich hatte sowieso nichts zu tun und wollte das Gelände erkunden. Wo Jake war wusste ich nicht, aber das war mir ehrlich gesagt auch egal. Einen Überblick vom Gebäude hatte ich ja.

Die Flure, das Treppenhaus und die Eingangshalle waren menschenleer. Aus der Bibliothek und aus einzelnen Zimmern waren Stimmen zu hören. Hier gab es wohl keinen strengen Bibliothekar, der darauf achtete, dass es mucksmäuschenstill war. Ich öffnete die Tür und trat hinaus in die warme Sommerluft. Trotz den 26 Grad war es auszuhalten. Ich wandte mich nach rechts und lief über den Rasen. Vom Meer wehte eine frische, salzige Brise herüber. Die Klassenzimmer waren leer und auch alle anderen Räume, in die man hineingucken konnte. Ich wich einem plötzlich auftauchenden Blumenbeet aus und bog um die Ecke. Im Hof liefen Möwen herum. Meine Kopfschmerzen waren wie weggeblasen. Auf Bänken und Rasen saßen Schüler und sonnten sich. Ich kannte keinen und ging weiter. Links von mir vielleicht zehn Meter entfernt war ein Zaun. Dahinter kamen Dünen und am Fuß der Anhöhe lagen der Deich und ein breiter Strand. Es war Flut, das Meer rauschte und glitzerte in der Sonne. Am liebsten wäre ich zum Strand hinunter gelaufen.

Ein Kiesweg führte durch eine Baumgruppe und dahinter lag tatsächlich ein Basketballplatz, zur Hälfte von einem alten Zaun umrandet. Der Asphalt war an ein paar Stellen aufgerissen und das Netz von einem Korb war kaputt, aber die Jungs schien das nicht zu stören. Lars, Jake, die Zwillinge und noch zwei andere spielten Basketball. Bei diesen Temperaturen, die waren doch wahnsinnig.

Ich ließ mich auf dem Zaun nieder und das Bild auf mich wirken. Von hier hatte man eine noch bessere Aussicht auf das Meer als vom Hof. Möwen zogen kreischend ihre Kreise, auf der Suche nach Beute. Ich hätte noch Stunden hier sitzen können, hätte mich nicht im nächsten Moment plötzlich haarscharf ein Ball verfehlt. Ich duckte mich und er musste sich ein anderes Ziel suchen, das nicht mein Kopf war. Der Ball landete auf dem Rasen und Jake ging ihn wiederholen.

»Sorry!«, rief Lars mir zu.

Ich winkte ab und setzte mich anders hin. Die Jungs begannen ein neues Spiel und forderten mich auf, die Körbe zu zählen. So stellte ich mich lässig an die Mittellinie und machte den Schiedsrichter. Alles in allem war es eine lustige Angelegenheit und ich merkte überhaupt nicht, wie schnell die Zeit verging. Ich sah auf meine Armbanduhr: »Leute, es gibt gleich Essen.« Daraufhin rannten die Zwillinge los Richtung Schule. Verwirrt sah ich ihnen hinterher. Jake verdrehte die Augen und ich warf ihm einen bösen Blick zu. Leider fiel er nicht tot um.

»Das machen wir immer so«, Jake ließ sich neben mir ins Gras fallen und drehte den Ball in seiner Hand.

»Lenny und Jerry laufen zum Speisesaal, bevor alle anderen kommen, holen was sie kriegen können und wir essen hier. Glaub mir, dass ist viel besser. Ich lad dich ein.«

»Oh, das ist mir aber eine Ehre!«, bedankte ich mich lachend. Seit wann redete Jake so mit mir? Als die beiden Zwillinge wiederkamen, hatten sie einen Korb dabei. Gefüllt mit Äpfeln, Birnen, Baguette, Flaschen und Kirschtomaten. Wir setzten uns auf den heißen Asphalt. Es war viel besser als unten im kalten Speisesaal.

Hungrig griffen wir zu, lachten, schmatzten, rülpsten (ich nicht) und waren glücklich.

»Das habe ich den ganzen Sommer vermisst!«, meinte Timo, ein braunhaariger Junge. Alle anderen, außer Timos Bruder, von dem ich den Namen nicht kannte, Lars und mir bejahten. Kein Wunder, wir waren ja auch erst seit zwei Tagen hier. Doch trotzdem schienen wir für die anderen schon dazuzugehören. Obwohl ich sie gerade einmal ein paar Stunden kannte, machte es Spaß, sich mit ihnen zu unterhalten.

»Darf ich dich was fragen?«, fragte Timo.

»Klar«, antwortete ich mit vollem Mund.

»Warum hast du dir die Haare gefärbt?«

»Ich finde die Farbe einfach schön und, um mal ein bisschen Abwechslung in mein Leben zu kriegen. Schwarz ist langweilig.«

»Aha, ein Akt der Rebellion sozusagen.«

Das Gespräch wandte sich den Sommerferien zu. Jeder erzählte von seinem Urlaub und ich von Großmutter, was einige sehr lustig fanden. Ich natürlich eher weniger. Timo und sein Bruder hatten es bis nach Australien geschafft. Jake, die Zwillinge und Lars waren in Spanien und anderen südlichen Ländern. Als Element waren die Reiseziele und vor allem die Unterkünfte wohl etwas begrenzt. Vielleicht war Großmutter deshalb nie mit mir in den Urlaub gefahren.

Irgendwann wurde es spät und ich lief mit den sechs Jungs zur Schule zurück. Der Hof war, bis auf ein paar Schmetterlinge und Insekten, leer. Die Luft schmeckte nach Salzwasser und immer noch zogen Möwen ihre Kreise am Himmel. Die Eingänge zum Hof waren schon abgeschlossen und so gingen wir nach vorne zum Haupteingang. Der Kies knirschte und die blitzblank polierten Autos glänzten in der Sonne.

Die Eingangshalle war im Vergleich zu draußen eiskalt. Wir liefen im Gänsemarsch die Treppe hoch. Bis auf die Geräusche unserer Schritte war es still, aber keine unangenehme Stille. Aus den Zimmern waren keine Stimmen mehr zu hören, es schliefen wahrscheinlich schon alle. Und auch ich war müde. Im ersten Stock verließen uns die Zwillinge.

Ein geflüstertes »Gute Nacht« war zu hören, dann verschwanden sie in der Dunkelheit des Flurs. Wir übrigen setzten unseren Weg fort. Lars ging in sein Zimmer und Timo und sein Bruder in ihres. Jake schloss unsere Tür auf. Ich ließ mich aufs Bett fallen und schlief augenblicklich ein.

Die letzten zwei Tage waren so rasant an mir vorbeigezogen. Sie kamen mir vor wie wenige Stunden.

5 Kapitel

Ich war etwas verwirrt, als ich am Freitagmorgen in den Klamotten des gestrigen Tages aufwachte, erinnerte mich dann aber wieder an gestern Abend und musste grinsen. Am liebsten hätte ich es heute gleich wiederholt, aber heute sollte es regnen. Zum ersten Mal seit einer Woche. Lars war nicht nur Optimist, sondern auch ein kleiner Wetterfreak und als ich das Rollo hochzog, türmten sich am Horizont tatsächlich schon dunkle Wolken zusammen. Das würde noch ein ordentliches Unwetter geben.

Ich tapste ins Bad. Bei starkem Regen kribbelte meine Haut so heftig, wie, wenn ich unter der Dusche stand. Ich wusch mir das Gesicht und massierte anschließend meinen Nacken. Nur noch drei Stunden Element und Magie Gerede (plus Hausaufgaben) und dann war endlich Wochenende. Diese paar Tage kamen mir vor wie ein paar Jahre. Es war so viel passiert und gleichzeitig so rasant vorbeigezogen.

Als ich mit meinen Haaren fertig war, hatte ich immer noch zwanzig Minuten, und so setzte ich mich an den Schreibtisch und lackierte mir die Fingernägel. Schwarz und weiß abwechselnd, da ich mich nicht entscheiden konnte. Als Jake um Punkt sieben Uhr in mein Zimmer kam, beschwerte er sich zuerst über den Gestank. »Tja«, meinte ich nur, froh darüber ihn ärgern zu können. Ich überprüfte noch einmal, ob alles gut getrocknet war, nahm dann meine Tasche und lief in Richtung Treppenhaus.

Beim Frühstück hielten Jake und ich für den Rest der Truppe Plätze frei. Nach und nach trudelten sie verschlafen ein, nur Lars war wieder einmal gut gelaunt. Auch die Lehrer ließen sich heute Zeit beim Frühstück. Es war ein träger Morgen. Wir standen vor unserem geschlossenen Klassenraum. Lars lehnte links von mir an der Wand und rechts neben mir standen die Mädchen aus meiner Klasse, mit denen ich noch fast kein Wort gewechselt hatte.

»Was haltet ihr davon«, fragte eine, »wenn ich mir ein paar Strähnen blau färbe?« Die anderen Mädchen beäugten sie misstrauisch. Und sie selbst sah aus unerfindlichen Gründen mich an, und meine Haare.

»Wenn es dir gefällt«, sagte ich ohne nachzudenken, »dann probier es doch aus.« Diese Mädchen waren viel zu sehr auf die Meinung anderer bedacht. Sie blickte mich kurz unschlüssig an, nickte dann aber. Ich konnte an einer Hand die Unterhaltungen mit den Mädchen abzählen, aber das reichte mir. Anscheinend waren sie mir gegenüber jedoch freundlich gesinnt.

Auf dem Flur wurde es immer voller und lauter. Als Professor Zweistein schließlich die Treppe hoch geschnauft kam, seine Aktentasche unter den Arm geklemmt, zog er eine Schneise durch die Schüler bis er sich zu unserer Tür durchgekämpft hatte. Dann redete er die ganze Stunde hindurch und freute sich dabei wie ein Kind an Weihnachten. Professor Zweistein war voll in seinem Element, wörtlich. Laut seiner Erzählung konnten Leute mit dem Element Erde, Timo zum Beispiel, Pflanzen aus dem Boden wachsen lassen, aber auch Erdbeben hervorrufen. Professor Zweistein zählte natürlich noch viel mehr auf, was ich mir nur kurz und knapp aufschrieb.

Frau Altmann redete, genau wie am Mittwoch, ziemlich gelangweilt und niemand hörte wirklich zu. Ein paar Sachen waren aber doch interessant. Wie ich insgeheim schon vermutet hatte, konnten die Luft-Menschen Stürme hervorrufen, Dinge schweben lassen und eigentlich alles, was irgendwie mit Wind zu tun hatte.

Als Herr Winns in der dritten und letzten Stunde für heute den Klassenraum betrat, fiel mir plötzlich etwas ein. Gab es auch Menschen, die alle Elemente beherrschten? Als ich meine Hand hob und die Frage stellte, begann sein Blick unruhig zu flackern. Dann schüttelte er hastig den Kopf und ich hatte eher das Gefühl, dass er damit ein »Ja, gibt es!« meinte. Ich zuckte mit den Schultern und raunte Lars zu: »Keine Antwort ist auch eine Antwort.«

»Es gibt haufenweise Gerüchte, ich weiß auch nicht, was davon stimmt und was nicht«, raunte er zurück. Das war doch einmal interessant! Feuer war, nebenbei bemerkt, das gefährlichste Element. Es konnte, mit etwas Übung natürlich, mühelos entfacht, kontrolliert und wieder gelöscht werden, außerdem Größe und Form verändern, je nach Wunsch.

Ich hatte schon eineinhalb Seiten vollgeschrieben und Lars sogar zwei, aber Herr Winns redete ohne

Punkt und Komma. Nicht einmal das Klingeln störte ihn. Er stellte sich demonstrativ vor die Tür, damit wir nicht heraus konnten und brauchte zehn Minuten, um seinen Vortrag mit den Worten »So, und jetzt alle raus hier. Die Stunde ist schon lange vorbei.« zu beenden. Niemand lachte.

»Schlechter Witz«, meinte Lars und ich stimmte ihm zu. Auf dem Flur war es schon leer. Ich wusste nicht, wann Jake Schluss hatte und kannte mich hier sowieso schon aus, sodass ich mit Lars kurz in sein Zimmer ging. Von seinem Fenster aus konnte ich zwar die Bäume- und Dünenlandschaft sehen, hatte aber keinen so guten Blick aufs Meer. Ansonsten sah sein Zimmer genauso aus wie meins, bis auf die Unordnung. Ich war ja auch nicht der ordentlichste Mensch, aber hier herrschte Chaos.

Wir hatten eine Pause von zwanzig Minuten, bis wir in die Bibliothek gehen und dort zwei Stunden lang lernen sollten. Uns blieben nur noch fünf Minuten, da Herr Winns so ewig geredet hatte, weshalb wir uns sofort auf den Weg machten. Ich ließ mich auf eins der Sofas fallen und ging die Seiten durch, die ich heute vollgeschrieben hatte. Man konnte es zwar lesen, aber für mich war es zu unordentlich. Und so schrieb ich alles nochmals ab, dann hatte ich es auch gleich im Kopf.

»Du hast auch nichts besseres zu tun, oder?«, fragte Lars vom Sessel neben mir aus, wo er irgendetwas las.

»Nein«, antwortete ich. »Den ganzen Tag tue ich nichts anderes.«

»Ist klar.«

Ich verdrehte die Augen.

»Das mach ich nur, damit ich es schon einmal im Kopf habe. Sonst könnte ich es mir ja auch sparen, Vokabeln abzuschreiben. Was liest du da eigentlich?«

»Hab ich in irgendeinem Regal gefunden und bin zuversichtlich, dass ich es auch durchlese.«

»Klingt so, als ob du noch nie ein Buch komplett gelesen hast.«

»Na ja, gezwungenermaßen in der Schule.« Ich sah ihn ungläubig an. Den Nachmittag über saßen wir dann schweigend und lesend nebeneinander. Lars rührte seine Notizen nicht an. Ich war zwischendurch in mein Zimmer gegangen und hatte mein Buch geholt. Das Mittagessen hatten wir auch fast verpasst, Jake hatte sich schon gefragt, wo ich war. Ich hatte mit einem Kopfnicken in Richtung Lars geantwortet und ihm noch einmal deutlich gemacht, dass ich mich durchaus alleine zurechtfand.

Auch das prophezeite Wetter ließ nicht auf sich warten. Gegen sechzehn Uhr wurde es immer dunkler und der Himmel zog sich mit schwarzen Gewitterwolken zu. Es goss buchstäblich aus Eimern und die Blumen im Innenhof lagen platt auf der Erde. Ich stellte mir vor, wie Herr Winns am Fenster stand und fassungslos zusah, wie sein blank poliertes Auto dreckig wurde. Es war ein typisches Sommergewitter und die Luft unerträglich schwül.

Lars sprang plötzlich auf und öffnete das Fenster.

»Bist du verrückt?«, fragte ich ihn. Ein heftiger Windstoß fegte den Vorhang zur Seite. Er schüttelte nur grinsend den Kopf und streckte seine Hand aus, bevor es ins Zimmer regnete. Einige Tropfen blieben in der Luft stehen. Das hatte er also vor. Frau Büring hatte ja ausdrücklich gesagt, dass wir in unserer Freizeit üben durften.

»Los, hilf mir mal!« Lars deutete mit dem Kopf nach draußen. Ich klappte unterdessen das Buch zu. Als ich aufstand kribbelte meine Haut bereits fürchterlich. Ich stellte mich neben Lars und streckte ebenfalls meinen Arm aus. Mein Bewusstsein fokussierte sich automatisch auf das Wasser. Ich fing einige Tropfen ab und lenkte sie auf einen Punkt, sodass sie sich zu einem großen Tropfen zusammenschlossen. Ich klemmte mir die Zunge in den Mundwinkel und strengte meine Fantasie an. Lars ließ seine Tropfen derweil in Kreisen umeinander herumfliegen. Ich begann, meinen Riesentropfen zu formen, bis er die Form eines Hais angenommen hatte. Es war schwierig, meinen Arm weiter oben zu halten, aber ich schaffte es und bewegte meinen Hai so schnell wie möglich auf Lars Hand zu. Erst fraß er einige Tropfen und als Lars ihn bemerkte, biss er ihm mit aufgesperrtem Maul in die Hand. Mein Arm verkrampfte sich.

»Genial!«, meinte Lars und mein Hai zerplatzte. Die Tropfen wurden vom Regen aufgenommen und landeten irgendwann unten auf dem Rasen. Ich ließ mein Handgelenk kreisen. Es war anstrengend gewesen, aber es hatte sich gelohnt.

Als ich nach dem Abendessen, es gab Fisch, wieder in meinem Zimmer war, schaffte ich es tatsächlich, eine richtige Unterhaltung mit Jake zu führen. Wir hatten beide nichts Besseres zu tun. So viel zu lernen gab es am Anfang doch noch nicht, aber ich wollte mich auch nicht zu früh freuen.

»Und, wo bist du aufgewachsen?«, fragte ich, nachdem ich ihm von Großmutter erzählt hatte, der er ja selbst schon begegnet war.

»Bei einer Pflegefamilie«, antwortete Jake knapp. »Meine richtigen Eltern habe ich nie wirklich kennengelernt. Sie haben mich weggegeben, wegen ihrer Karriere oder so. Man hat mir erzählt, ich hätte noch eine Schwester, aber die habe ich nie kennengelernt.«

»Oh ... das tut mir leid.«

Jake zuckte mit den Schultern, als wäre es ihm egal. Trotzdem. War er deswegen so, wie er war? Wobei es auch nicht so wirkte, als würde ihm seine Vergangenheit besonders zusetzen. Oder verbarg er das hinter seiner Fassade? Wie auch immer, er tat mir sogar leid. Das musste doch furchtbar sein, von den eigenen Eltern weggegeben zu werden.

»Na ja, bei dir war es wahrscheinlich interessanter als bei Großmutter«, versuchte ich die Unterhaltung weiterführen und merkte gleich, das es ein Fehler war. »Hast du denn schon immer da gewohnt?«, fragte Jake darauf.

»Nein.«

Auf einmal war ich heiser. Ich hasste es darauf angesprochen zu werden, ich hasste es. Warum musste diese Wunde immer jemand wieder aufreißen? Warum musste mich immer jemand daran erinnern? Dann vermisste ich sie nur jedes Mal aufs Neue. Ich versuchte, die Bilder zu verdrängen, hoffnungslos. Ein großer Strudel und ich mittendrin, wie ich versuchte, nicht zu ertrinken. Ich vertrieb die Bilder immer irgendwie aus meinem Gedächtnis, aber es blieb ein leeres, kraftloses Gefühl zurück. Ein schwarzes Loch anstelle des bunten Strudels aus Bildern. Ich blinzelte die Tränen weg und biss mir auf die Unterlippe. Es musste möglichst schnell vorbeigehen, damit dieses Gefühl mich nicht übermannte.

»Alles ok?«, fragte Jake leise. Er konnte auch nicht arrogant reden? Auch sein Blick war nicht so kühl wie sonst, das erkannte ich sogar durch den Schleier vor meinem Auge. Ich schüttelte den Kopf und ließ mich auf den Holzboden sinken. Warum konnte es nicht wieder so sein wie früher? Ich wusste genau, dass es nie mehr so werden würde und fragte es mich trotzdem. Ich legte den Kopf auf meine Knie und weinte leise.

Jake legte eine Hand auf meine Schulter.

»Tut mir leid«, sagte er und ließ sie da liegen. Irgendwann versiegten meine Tränen und ich wischte mir über die Augen. Ich war überrascht von Jakes Verhalten, richtig überrascht. Und es wirkte. Schon nach gefühlt kurzer Zeit ging es mir wieder besser. Meine Stirn lag immer noch auf meinen Knien. Ich starrte ins Leere und wusste nicht, was ich tun sollte.

»Was ist denn passiert?«, Jake riss mich aus meinen Grübeleien. Seine Stimme klang noch nicht wieder so nervig wie vorher. Verstohlen wischte ich mir noch einmal übers Gesicht.

»Vorher habe ich bei meinen Eltern gelebt …«, brachte ich mit Mühe heraus.

»Und die sind …«, vervollständigte Jake den Satz und ich nickte hastig, bevor er das blöde, letzte Worte sagen konnte.

»Willst du alleine sein?« Ich nickte noch schneller, obwohl ich nicht wusste, ob es stimmte. Kaum war Jake in seinem Zimmer, griff ich nach meiner Gitarre. Ich brauchte Ablenkung! Und kaum hatte ich angefangen, zu spielen, hörte ich aus Jakes Zimmer die Klänge eines Klaviers. Er hatte also doch Hobbys. Ich spielte so lange weiter, bis meine Finger weh taten, wann Jake aufhörte, bekam ich nicht mit. Den Rest des Abends las ich, ohne wirklich etwas zu verstehen. Ein grauer Schleier schien über diesem Tag zu liegen und ich konnte ihn nicht abschütteln. Die Seiten zogen träge dahin und irgendwann spät in der Nacht nickte ich über dem Buch ein.

Zumindest hatte ich am Samstagmorgen eine Buchecke im Gesicht. Im nächsten Moment zog mir jemand die Decke weg. Ich machte einen Hechtsprung hinterher, war aber zu langsam und hatte außerdem meine Haare im Gesicht hängen. Jake stand am Fußende und schien meine Aktion ausgesprochen lustig zu finden.

»Mach das nochmal und ich wecke dich mit Eiswasser!«, drohte ich ihm. Er lachte weiter und ich erstach ihn mit Blicken. Da das auch nichts brachte, verzog ich mich ins Badezimmer.

»Sagt man so jemandem *Guten Morgen*?«, fragte Jake durch die Tür.

»Ja!«, antwortete ich knapp.

»Ach übrigens, guck mal auf die Uhr!« Ich sah auf meinen Arm und brauchte ein paar Sekunden um festzustellen, dass ich gar keine umhatte.

»Die liegt auf dem Nachttisch.«

»Wo denn in dem Chaos? Du solltest dringend mal

aufräumen.« Das hatte ich mir gestern schon vorgenommen, beschloss jetzt aber, es doch nicht zu tun. Um Jake zu ärgern.

»Mein Gott, sag mir doch einfach, wie spät es ist!«, rief ich.

»Halb zwölf.« Ich rechnete und stellte fest, dass ich dreizehn Stunden durchgeschlafen hatte. Mein Rekord war gebrochen. Beim Duschen ließ ich mir Zeit, war danach aber immer noch müde.

Lars und Timo dagegen waren hellwach und bestens gelaunt. Als ich hinunter zum Speisesaal wollte, hatten sie sich von hinten angeschlichen und mich fast zu Tode erschreckt.

Danach gingen die meisten in den Hof, wo man noch sicher vor der Sonne war. Ich schloss mich ihnen an, aber nicht, ohne vorher mein Buch geholt zu haben.

Das Erste, was ich sah, als ich nach draußen trat, war Professor Zweistein. Er stand etwas abseits vor einem kleinen Gefäß und machte irgendetwas mit seinen Händen. Dann knallte es und eine Gruppe Schüler aus Jakes Jahrgang applaudierte begeistert. Dann bemerkte ich Herr Winns in der Tür auf der anderen Seite des Hofes. Seine feuerroten Augen blitzten herüber, und sahen ein bisschen aus wie Laserstrahlen. Ich sah schnell woanders hin. Was sollte das denn auch dauernd? Konnte er vielleicht mit Blicken töten? Ich setzte mich auf die nächste freie Bank und versuchte, zu ignorieren, dass er immer noch in der Tür stand. Mein Gott, ich war erst seit vier Tagen hier und nah daran, Verschwörungstheorien aufzustellen. Manchmal dachte ich wirklich zu viel nach.

Am späten Nachmittag waren meine Bedenken allerdings wieder vergessen. Spätestens als die Jungs mit einem Basketball angerannt kamen und mich fragten, ob ich mitspielen wollte. Es war immer noch ziemlich heiß und ich war heilfroh, dass die Jungs an etwas zu trinken gedacht hatten. Als meine Mannschaft schließlich weit in Führung lag, ergaben sich die anderen und ich legte mich ins Gras, nachdem sich auch meine Atmung und Puls wieder beruhigt hatten. Meine Ausdauer war am Ende. Und der Tag an mir vorbeigerannt.

Ich drehte meinen Kopf zur Seite und sah plötzlich einen großen Schatten zwischen den Bäumen. Ich schaute genauer hin, das konnte nur eine Person sein. Die war doch eben noch nicht dort gewesen. Wie lange stand sie da schon? Warum stand sie da? Warum wollte ich das wissen? Ich wurde aus meinen Gedanken gerissen, bevor ich weiter grübeln konnte.

»Wer holt mit mir etwas zu essen?«, fragte Lenny oder Jerry. Ich ließ die Stelle nicht aus den Augen. Die Person verschwand hinter ein paar Bäumen. Verwirrt drehte ich meine Kopf zu den anderen herum. Wie ich erfahren hatte, waren Lenny und Jerry eineiige Zwillinge und nicht einmal Jake, der sie seit zwei Jahren kannte, konnte sie auseinanderhalten. Ich erklärte mich schließlich bereit und lief mit Lenny (ich hatte nachgefragt) Richtung Schule.

Als wir uns dem Wäldchen näherten, sah ich die Person wieder zwischen den Bäumen stehen. Ich drehte mich um, aber da huschte sie davon und verschwand spurlos. Ich sah sie kein weiteres Mal an diesem Abend. Im Keller bog Jerry, äh Lenny, in einen Flur ab und öffnete eine von unzähligen Türen. Der Raum war spärlich eingerichtet und langweilig weiß gestrichen.

»Das war ich«, sagte Lenny und zeigte auf einige zerfetzte Kissen auf dem Teppich.

»Du bist Luft«, schloss ich daraus und er nickte. Was machten die denn hier unten? Lenny holte einen Korb hinter zwei Stühlen hervor und verließ den Raum wieder. Ich beeilte mich ihm zu folgen. Unsere Schritte hallten von den Wänden wider. Ich fühlte mich beobachtet.

Dort, wo sonst das Buffet aufgebaut war, standen jetzt ein paar Schalen mit Obst, Gemüse und Brot. Wir packten so viel ein, bis wir der Meinung waren, dass es reichte und machten uns wieder aus dem Staub. Auf dem Flur begegneten wir Herrn Winns. Er beäugte misstrauisch den Korb, sagte aber nichts. Draußen war es mittlerweile etwas kühler und so saßen wir auf dem warmen Asphalt und ließen es uns gut gehen.

»Hat eigentlich noch jemand die Person, die vorhin am Wald stand, gesehen?«, fragte Jake auf einmal und ich horchte auf. Warum hatte gerade er sie gesehen? Sollte ich ihm antworten?

»Ich«, sagte ich gegen meinen Willen. »Weißt du, wer das war?«

Jake schüttelte den Kopf: »Aber sie war groß.« Das hatte ich auch schon bemerkt. Die Offenheit, mit der Jake plötzlich redete, wunderte mich.

»Erklärung bitte!«, rief einer der Zwillinge dazwischen. Da sie nebeneinander saßen, wusste ich wieder nicht, wer es war.

»Eben stand eine Person am Wald und hat uns beobachtet«, sagte Jake.»Ich habe sie erst nach dem Spiel bemerkt, aber wahrscheinlich stand sie schon länger dort.« Ich nickte bestätigend. Dann wurde diskutiert, wer das gewesen sein könnte oder ob wir uns nur etwas eingebildet hatten. Wer hier war besonders groß? Wer kam hier, außer uns, öfter vorbei? Ich wusste nicht mehr, was ich jetzt glauben sollte. Ich war schließlich erst vor nicht mal einer Woche angekommen. Nur Lars war die ganze Zeit ruhig und knabberte wie ein Hase an einer Möhre.

»Leute«, sagte er dann. »Wir wollen uns von irgendeiner Person doch jetzt nicht den Abend verderben lassen.« Recht hatte er. Als es der Rest auch einsah, wurde das Thema beiseite geschoben. Und trotzdem beunruhigte es mich weiterhin. Wie konnte Lars das einfach so links liegen lassen? Wobei, wie man unschwer erkennen konnte, war er durch und durch Optimist und hatte immer gute Laune.

Der Abend schien noch ewig zu dauern und nach einem weiteren Basketballspiel gingen wir durchgeschwitzt in unsere Zimmer. Ich sprang noch schnell unter die Dusche, was dazu führte, dass ich ungefähr so früh einschlief wie am Abend zuvor. Um mein Schlafbedürfnis zu decken, hätte ich auch wieder so lange schlafen müssen.

Wie gesagt, hätte: Jake weckte mich. Ich protestierte zwar, aber er ließ nicht locker.

6 Kapitel

»Ausgeschlafen?«, fragte mich Lars am nächsten Morgen mit einem fiesen Grinsen. Ich ignorierte ihn und holte mir etwas zu essen. So etwas ging mir an die Langschläferehre. Dann setzte ich mich zu Timo, der genauso ein Morgenmuffel wie ich war. Timos Bruder, der wie ich inzwischen erfahren hatte Lukas hieß, starrte hypnotisiert in seinen Kakao. Ich hatte nach dem Aufstehen eben noch kurz überlegt, ob ich joggen gehen sollte, aber der Himmel war bewölkt und es war mindestens so warm wie gestern. Man konnte nicht laufen, ohne gegrillt zu werden, weswegen ich es dann gleich bleiben ließ. Es war ein typischer Sonntag zum Gammeln. Ich las zweihundert Seiten und bewegte mich fast gar nicht aus meinem Zimmer. Abends redete ich noch lange mit meinen neuen Freunden, bis wir aus dem Speisesaal hinausgeschmissen wurden. Die Mahlzeiten über den Tag verteilt waren eine Art Ritual von uns, hatte ich das Gefühl. Egal was man zwischendurch gemacht hatte, beim Essen waren alle wieder da.

Ich ging heute absichtlich früher ins Bett. Erstens hatte ich keine besonders große Lust darauf wieder von Jake geweckt zu werden. Zweitens war morgen wieder Unterricht.

Der Montag verlief ähnlich wie der Mittwoch. Wir hatte sechs Stunden, bekamen weitere allgemeine Informationen und mein Block besaß am Ende des Tages noch mehr unordentlich vollgekritzelte Seiten. Alle Lehrer, bis auf Frau Altmann natürlich, hatten gute Laune, ließen die Fenster auf und uns während der Stunden miteinander reden.

Zum Mittag aß ich nicht viel und ging dann, weil es heute doch um einiges kühler war, in mein Zimmer und zog meine Laufsachen an. Ich joggte die Anhöhe hinunter, über den Deich und ein ganzes Stück am Strand entlang. Hier müssten die Jungs und ich unbedingt einmal zusammen hingehen. Ich freute mich schon darauf, Lars ins Wasser zu schubsen.

Nirgendwo tauchte ein Zaun oder irgendetwas in der Art auf, also lief ich einfach, ohne zu wissen, ob ich noch auf dem Gelände war. Ich drehte erst um, als sich meine mangelnde Ausdauer bemerkbar machte. Der Wind pfiff mir um die Ohren und auch, wenn er mich zwischendurch ein gutes Stück vorwärts schob, war es anstrengend im Sand zu laufen. Einen Fußweg gab es hier nicht.

Als ich verschwitzt und durstig in mein Zimmer kam, stand Jakes Tür offen und er unterhielt sich mit Lars. Sie bemerkten mich und beschwerten sich sogleich, dass ich ihnen nicht Bescheid gesagt hatte. Ich trank ganz in Ruhe meine Flasche aus, bevor ich ihnen versprach, dass sie beim nächsten Mal mitdurften. Oder hatte Jake wieder seinen Kontrollwahn? Dann ging ich duschen und pulte mir den Sand zwischen den Zehen weg. In meine Schuhe war ein kompletter

Sandkasten eingezogen. Die würde ich nie wieder ganz sauber bekommen.

Der Dienstag war bei weitem nicht so normal, auch wenn hier eigentlich nichts normal war. Aber wer entschied denn auch, was normal war und was nicht? *Normal* war nur ein Wort, das den angeblichen Idealzustand der Mehrheit beschrieb und dieser Zustand hatte hier eine ganz andere Bedeutung. Wenn ich Lars richtig verstanden hatte, hatte es am Vorabend einen kleinen Rohrbruch gegeben und Frau Büring hatte das kurzerhand repariert. Wenn es irgendwo aus einer Wasserleitung tropfte, war das für sie oder ältere Schüler eine Sache von fünf Minuten. Ich freute mich ehrlich schon darauf, so etwas auch irgendwann zu können.

In den oberen Stockwerken war noch alles ruhig, als Jake hellwach und ich todmüde zum Frühstück gingen. Aber kaum war man durch die Glastür gekommen hörte man schon, dass es unten im Speisesaal irgendetwas zu diskutieren gab. Ich schlenderte betont langsam die Treppe hinunter. Einerseits war ich neugierig, andererseits sollten meine müden Ohren sich zuerst an den Lärm gewöhnen. Jake öffnete geräuschvoll die Tür, aber keiner nahm Notiz davon. Alle diskutierten lautstark und es schien kein schönes Thema zu sein. Eher eins, was allgemeine Panik auslöste. Überall wurde geredet und niemand schien sein eigenes Wort zu verstehen. Wenn jemand zum Buffet ging, wurde die Unterhaltung einfach schreiend fortgesetzt. Aber keiner schien wirklich etwas zu essen. Die Lehrer versuchten verzweifelt, die Schüler zur Ruhe zu bringen. Die Lautstärke staute sich zwischen den orangefarbenen Wänden.

Was war hier los?

Jemand bahnte sich einen Weg durch die mitten im Raum stehenden Schüler. Es war Lars, der sich zu uns durchkämpfte. Kein *Guten Morgen*, er rückte gleich mit den Tatsachen heraus und meine Neugier verwandelte sich in Verwirrung und Panik.

»Leute!«, sagte Lars und legte eine kurze Kunstpause ein. »Ein Mädchen mit dem Element Feuer aus Lennys und Jerrys Stufe …« Die Zwillinge waren ein Jahr über mir, »… ist verschwunden. In ihrem Zimmer wurden Blutflecken gefunden.« Ich starrte ihn fassungslos an. Eine Entführung hier, fernab von der Zivilisation? Oder war sie selber abgehauen? Oder war es vielleicht sogar Mord? Ich schüttelte mich bei dem Gedanken, den Jake wohl auch gehabt hatte.

»Ist sie tot?«, fragte Jake.

»Keine Ahnung. Aber man geht davon aus.«

»Wer ist *man*?«

Lars zeigte auf die Lehrer.

»Wer war das?«, fragte ich.

»War es überhaupt jemand?«, fragte auch Jake und sprach schon wieder meine Gedanken aus, was mich ein bisschen nervte.

»Auch keine Ahnung«, meinte Lars. »Aber wenn es jemand war, muss er von dieser Schule wissen und sich hier auskennen, zumindest ein Bisschen. Vielleicht ist es sogar jemand von dieser Schule, denn hier in der Gegend leben eher wenige von, äh, unserer Art.«

»Woher willst du das wissen?«, hakte Jake noch einmal nach.

»Wissen tue ich gar nichts. Das ist nur eine Vermutung, die ich eben aufgeschnappt habe. Aber wir sollten uns wegen den ganzen Gerüchten, die jetzt schon im Umlauf sind, nicht verrückt machen. Es herrscht schon genug Panik.«

Da war der Optimismus wieder. Ich brauchte etwas im Magen und holte mir vom Buffet schnell einen Obstsalat. Vitamine konnten nie schaden. Lars hatte uns hinten Plätze freigehalten, worüber ich heilfroh war. Aus irgendeinem Grund kam mir die Person aus dem Wald in den Sinn. Hatte sie etwas damit zu tun? Oder hatte ich mir das nur eingebildet? War das Mädchen wirklich abgehauen? Oder doch entführt? Oder ermordet? War jemand unter uns, der mehr wusste?

Oh Gott, mein Gehirn drehte wieder durch. Lars hatte recht! Jetzt nicht verrückt werden, das würde sich schon noch klären.

Irgendwann.

Hoffentlich.

Ich widmete mich wieder meinem Obst und entschloss mich, erstmal abzuwarten. Vielleicht war alles gar nicht so schlimm. Es schien niemand zu wissen, was stimmte und was nicht. Wie sich in wenigen Minuten doch alles ändern konnte.

»Wie kannst du eigentlich ohne Kakao frühstücken?«, fragte Lars mich dann.

»So«, ich deute auf meinen Kaffee, den ich an den meisten Tagen, wegen des Koffeins, vorzog. Irgendwie musste man doch wach werden. Den Schultag über wurde das Thema nicht mehr angeschnitten, was mich zuerst wunderte. Die Lehrer verloren kein Wort über den Vorfall und packten in ihren Unterricht noch mehr Stoff als sonst. Auch kam die Nachricht, dass wir nächste Woche in einigen Fächern abgefragt werden würden, weshalb ich langsam anfangen sollte, zu lernen. Lars wollte erst am Wochenende anfangen, aber das war sein Problem.

Tja, so wenig den Tag über geredet wurde, umso lauter waren die Diskussionen beim Mittagessen, Abendessen und am Mittwochmorgen. Zwischendurch sowieso. Ich befand mich den ganzen Tag in einem Schockzustand und musste mein Gehirn fast mit Gewalt daran hindern, sich dauernd im Kreis zu drehen. Herr Winns versuchte, mit einer Trillerpfeife für Ruhe zu sorgen, es wurde aber trotzdem weitergeredet. Der Schulleiter hielt beim Frühstück eine kurze Ansprache. Man hätte wohl schleunigst die Sicherheitsbehörde informiert, aber bisher war nichts gefunden worden und Hinweise gab es auch nicht. Aus diesem Grund hatten die Lehrer beschlossen, das Gebäude nachts komplett abzuriegeln. Alle, ich auch, hatten Angst, dass es nochmal passierte oder dass Leute als Geiseln genommen werden würden oder irgendwas in der Art. Das Mädchen war schließlich verschwunden und ... ja, keine Ahnung. Im Moment konnte ich mir nicht einmal vorstellen, noch einen geselligen Abend auf dem Basketballplatz zu verbringen. Warum suchte eigentlich niemand wirklich nach ihr?

Die Lehrer schienen allerdings mehr zu wissen als wir. Nach Herr Winns Ansprache war ich zuerst im Klassenraum. Auch Frau Büring war schon da und redete mit dem Schulleiter. Ich gab vor, aus dem Fenster zu schauen und in meinem Musikbuch zu lesen, während ich ihrer leisen Unterhaltung folgte.

»Was wolltest du?«, fragte Herr Winns und seine roten Augen blitzten zu mir herüber. Ich blätterte eine Seite um.

»Mir ist etwas eingefallen«, antwortete Frau Büring nach ein paar Sekunden. Herr Winns Augen verengte sich, bevor er fragend die Augenbrauen in die Höhe zog: »Was denn?«

»Ich weiß, seit seinem letzten Verbrechen sind Jahre vergangen, aber er wurde nie gefasst.« Obwohl sie ihn nicht namentlich erwähnte, schien Herr Winns zu wissen, wen sie meinte.

»Die Nutzung von schwarzer Kunst auf dem Gelände hätten wir bemerkt. Wobei er die Leiche auch anderswo für seine Zwecke genutzt haben kann.«

»Sie ist also tot.«

»Ja«, Herr Winns dämpfte seine Stimme noch mehr. »Die Behörde konnte nichts ausfindig machen, aber denen vertraue ich schon lange nicht mehr.«

»Ich weiß.«

»Die Schüler sind gefährdet und wir müssen das als Schule selbst in die Hand nehmen, bevor unser Image vollkommen zugrunde geht. Was soll ein Verbrecher wie er denn auch mit Lebendigen?«

»Was nicht? Was er damit dann vorhat, will ich gar nicht wissen. Möglich wäre aber auch, dass er die Gestalt gewechselt hat und hier im Gebäude ist. Allerdings kann ich mir auch niemanden außer ihm vorstellen, der die Folgen so einer Verwandlung auf sich nehmen würde.«

Kurz dachte ich, gleich würde der Name *Voldemort* fallen, aber es herrschte Schweigen. Wen meinten sie? Was hatte derjenige gemacht? Ich wollte noch mehr erfahren, aber es klingelte und die beiden wollten ihr Gespräch schnell beenden.

»Wir können nur hoffen, dass Mudos kein böses Spiel spielt.«

»Was er definitiv tut!«

»Ja, ich muss in den Unterricht und nachher versuchen, es den Eltern schonend beizubringen.«

Mit diesen Worten verließ er den Raum. Frau Büring seufzte und sah für einen Moment sehr zerbrechlich aus. Von allem Geschehnissen um die Schule herum und der Anstrengung, die die Lehrer aufbringen mussten, bekam ich ja nichts mit. Ich lebte hier und wusste fast gar nichts darüber. Ich stand auf und ging zum Schrank, als gerade Lars durch die Tür geschlendert kam. Ich kramte meine Kunstmappe hervor und brachte ihm seine freundlicherweise mit. Das Thema heute war unser bisheriges Leben. Ich wählte einen dunklen Hintergrund mit ein paar hellen Flecken darauf, in die ich meine schönen Erinnerungen zeichnete. Die Zeit mit meinen Eltern, der Tag an dem ich mir die Haare gefärbt hatte, die Zeit hier und meine ersten richtigen Freunde. Lars zeichnete ein Baumhaus mit Balkon, Strickleiter, mehreren Fenstern und einem Flaschenzug.

»Steht zuhause im Garten«, erklärte er. »Ich weiß nicht, wie oft ich mit meinem Bruder früher da übernachtet habe.«

Für einen kurzen Moment stellte ich mir vor, auch

so ein Baumhaus zu haben oder gehabt zu haben. Bei Großmutter wäre das allerdings nicht denkbar gewesen und bei meinen Eltern hatte ich nur einen winzigen Garten ohne Baum.

Am Stundenende gab ich das Bild ab und erhoffte mir eine gute Note. Dann, in der Pause, ging ich hinaus um Lars von dem, was ich heute morgen gehört hatte, zu berichten. Ich wollte eine zweite Meinung hören und wen außer Lars, der es den ganzen Tag neben mir aushielt, sollte ich sonst fragen? Jake ganz sicher nicht.

Der würde nur arrogant die Augenbrauen hochziehen und danach genervt die Augen verdrehen. Lars unterhielt sich gerade mit den Zwillingen und als die wieder abdampften, klingelte es schon, sodass ich bis zum Mittagessen nicht mehr dazu kam.

»Und sie haben dich nicht bemerkt?«, fragte er kauend, nachdem ich ihm von dem Gespräch erzählt hatte.

»Entweder das«, antwortete ich und sprach ein bisschen leiser, da es nicht unbedingt jeder mitkriegen musste. »Oder sie dachten ich würde nicht zuhören.«

»Oder«, er schluckte einen Bissen herunter. »Du hast zu gute Ohren. Lehrer gehen aber auch immer gleich vom Schlimmsten aus. Mudos, also wirklich.«

»Weißt du etwas über ihn?«, fragte ich hoffnungsvoll und mir wurde klar, dass ich einfach zu neugierig war.

»Ich habe den Namen schon einige Mal gehört«, Lars kratzte sich am Kopf. »Zuletzt vor drei Jahren, glaube ich. Da ist irgendwo eine ganze, von Elementen bewohnte Stadt abgefackelt.«

Halleluja! In meinem Kopf entstanden grauenhafte Bilder, die ich schnell wieder beiseite schob.

»Weißt du sonst noch etwas?«

»Lassen wir das erst einmal auf sich beruhen. Du denkst einfach zu viel nach«, meinte Lars und widmete sich voll und ganz seinem Teller. Ich seufzte. Wenn ich etwas wissen wollte, lies es mir meistens keine Ruhe.

Zurück in meinem Zimmer beschloss ich, heute Abend in die Bibliothek zu gehen. Dort musste doch etwas zu finden sein. Aber erst dann, wenn niemand mehr da war. Das letzte, was ich wollte, war mit dem Vorfall in Verbindung gebracht zu werden. Wir waren in einer Situation, in der sich jeder auf jeden noch so kleinen Hinweis stürzen und sich an ihm festklammern würde. Pünktlich um halb elf verließ ich mein Zimmer, Jake schlief hoffentlich schon, und schlich leise zur Bibliothek. Ab zehn Uhr war Nachtruhe und es trieb sich niemand mehr auf den Fluren herum, meistens.

Die Stille war schon fast gruselig und in der Bibliothek selber war es noch leiser. Ich wagte es nicht, ein Geräusch zu machen. Wie ich erwarte hatte, war niemand hier. Die Bücher standen ordentlich aufgereiht in den Regalen und die Regale ordentlich hintereinander. Eine erwartungsvolle Stille. Hinten vor der halbrunden Wand, führte eine Wendeltreppe hinab in den ersten Stock, die ich noch gar nicht bemerkt hatte. Die Atmosphäre war gespenstisch, aber ich zwang mich weiterzugehen. Blöderweise waren die Regale nicht beschriftet. Systematisch ließ ich meinen Blick über die Buchrücken wandern, Reihe für Reihe, fand jedoch nichts

Vielversprechendes. Irgendwo musste hier doch etwas stehen. Ich arbeitete mich durch die andere Hälfte des Raumes und war schon fast wieder an der Tür, als mir wieder einfiel, dass es ja noch ein Stockwerk gab. Ich ging zurück und stieg die Wendeltreppe hinunter.

Hier unten herrschte die gleiche knarrende Stille wie oben und es sah auch nahezu identisch aus. Die gleichen Regale in der gleichen Ordnung und alle Bücher waren fein säuberlich eingeräumt. Das einzige, was anders und besser war, waren die Schilder an den Regalen. Ich fühlte mich beobachtet. Nachdem ich den Raum durchkämmt hatte, hatte ich natürlich immer noch nichts gefunden. Toll, da verzichtete ich auf meinen Schlaf und es lohnte sich nicht einmal. Sollte ich alles noch einmal durchsuchen? Ich stieg die ersten Stufen der Wendeltreppe wieder hoch und ließ meinen Blick erneut durch den Raum wandern. An dem Regal vorne links hing ein kleines Schild, auf dem tatsächlich *schwarzes Element* stand. Ich sah genauer hin. Warum bemerkte ich es erst jetzt?

Mit einem letzen Hoffnungsschimmer stieg ich die Treppe wieder hinunter und näherte mich dem Regal. Eingepfercht neben einem Weltatlas stand ein Buch mit rotem Einband und dem Titel *Entwicklung des schwarzen Elements im einundzwanzigsten Jahrhundert*. Was war das schwarze Element? Ohne mir die anderen Bücher noch groß anzusehen, zog ich es heraus. Ich setzte mich auf die Treppe und überflog die Seiten. Lauter Namen und Todesdaten oder Daten von Tagen, an denen der Betreffende festgenommen worden war. Die Seiten klebten aneinander, sodass ich sie nur mit Mühe umblättern konnte und ich fragte mich, ob dieses Buch überhaupt schon mal jemand in die Hand genommen hatte. Mittlerweile musste es halb zwölf sein und meine Müdigkeit machte sich bemerkbar. Ein Geräusch hinter mir ließ mich plötzlich zusammenzucken. Panisch fuhr ich herum, in der Erwartung Herr Winns mit im Dunkeln rot leuchtenden Augen hinter mir stehen zu sehen. Meine violetten Haare landeten in meinem Gesicht. Ich strich sie hastig zur Seite. Ein Vogel hockte draußen auf dem Fenstersims und pickte gegen die Scheibe. Ich leuchtete ihn mit der Taschenlampe meines Handys an und er flog hinaus in die Nacht.

Blöder Vogel!

Dann wandte ich mich wieder dem Buch zu, aber Mudos wollte nicht auftauchen und ein Register gab es nicht. Ich wollte es schon wieder ins Regal stopfen, eingepfercht zwischen noch mehr Atlanten, als ich einen Absatz entdeckte, hinter dem keine Daten standen.

> Mudos ist der bekannteste Verbrecher des einundzwanzigsten Jahrhunderts und der einzige, den die Sicherheitsbehörden nicht früher oder später gefasst haben. Bei den meisten Verbrechen, bei denen der oder die Täter nicht ausfindig gemacht werden konnten, geht man davon aus, dass Mudos dahintersteckt.

Das war doch interessant!

> Laut Zeugenaussagen, deren Echtheit

nie überprüft wurde, beherrscht er alle vier Elemente, bezeichnet als schwarzes Element.

Genau das hatte ich doch Herrn Winns gefragt. Es gab also doch jemanden. War Mudos überhaupt einer von uns? Oder kam er direkt vom Teufel? Wo Mudos sich aufhielt, schien auch keiner zu wissen. Aber eines war sicher: Die Welt hatte Angst vor ihm und seinen nächsten Taten.

Ich auch.

7 Kapitel

»Auf Dauer muss ich mir was anderes überlegen, um dich zu wecken!«, war das erste, was ich am Donnerstagmorgen zu hören bekam. Benommen setzte ich mich auf. Vor meinem Bett stand, wie nicht anders zu erwarten, Jake. Und wie zu erwarten war, war ich wegen der Aktion gestern Abend noch müder als sonst. Glücklicherweise merkte Jake das nicht, oder er hielt es für normal. Ich blinzelte ein paar Mal, stand dann auf und tapste zur Badezimmertür.

»Nett sein und mal *Guten Morgen* sagen, hast du scheinbar immer noch nicht gelernt«, warf ich Jake an den Kopf und sah noch, wie er die Augen verdrehte. Ich sprang unter die eiskalte Dusche, um sicherzugehen, dass ich im Unterricht nicht vor meinem Wasserglas einschlief. Aber wir wiederholten glücklicherweise nur die Wassertropfennummer von letzter Woche und ich hatte danach nicht einmal Kopfschmerzen. Trotzdem legte ich mich am Nachmittag noch einmal hin, nachdem ich eine Stunde lang gelernt hatte, und träumte von Mudos und Blutflecken. Gerade, als ich aus meinen Träumen hochschreckte und mein Herzrasen wieder langsamer wurde, ging die Tür auf. Es waren Lars und Jake.

»Was macht ihr denn hier?«, gähnte ich verschlafen.

»Schläfst du etwa schon wieder?«, fragte Jake zurück. Ich ignorierte ihn.

»Wir dachten nur …«, sagte Lars, als ob es eine völlig abwegige Idee wäre.

»… dass du vielleicht, eventuell mitspielen willst.« Na bitte, ich war zwar hundemüde, aber der Tag war doch nicht nur zum Schlafen und Lernen da. Draußen wehte ein kühler Wind, das Meer rauschte, niemand anderes blockierte den Platz und Timo und die Zwillinge waren auch schon da. Nur anfangen konnten wir noch nicht, denn Lukas war noch nicht aufgetaucht und ihm gehörte das Netz mit den Bällen. Als er nach zehn Minuten auftauchte, kam das Spiel zwar nicht richtig in Gang und irgendwie schaffte es auch niemand, einen Korb zu werfen, aber es machte trotzdem Spaß. Keine Lehrer, kein Lernen, keine verschwundenen Schüler und vor allem kein mysteriöser Typ, der mit seiner schwarzen Kunst Angst und Schrecken verbreitete. Nur die, diesmal angenehm warme, Sonne, das Meeresrauschen und ein Korb für unsere Mannschaft, den Timo soeben machte. Irgendwann pfiff Jake in seine Trillerpfeife, ging dann mit einem der Zwillinge los und kam mit einem gefüllten Korb wieder. Wir lachten und ließen es uns gut gehen. Und irgendwann machte Lars den Vorschlag, uns einen Teamnamen zu geben. Das war ein so unsinniger Vorschlag, dass wir sofort alle dafür waren.

»7 Zwerge«, nuschelte ich, schluckte die Tomate herunter und es war beschlossene Sache. Dann drehte sich das Gespräch allerdings doch wieder um die Schule. Lars und ich waren uns in dem Punkt einig, dass Frau Altmann eine Katastrophe war. Die Zwillinge allerdings waren Luft und erzählten von einem Schwert, das sie aus Luft formen konnten, so lang oder breit wie es gerade gebraucht wurde. Danach hatte ich ein bisschen Angst vor ihnen. Konnte man mit Wasser auch so etwas machen? Ich fragte nach und Lukas meinte, dass Herr Winns ihnen auch noch nichts in der Art mit Feuer gezeigt hatte. Vielleicht gehörte es ja zum schwarzen Element.

»Macht euch keine Hoffnung«, sagte Jake. »Das lernt ihr alles erst nächstes Jahr.« Lukas und ich zogen einen Schmollmund und selbst Lars gab keinen optimistischen Kommentar ab.

Die Sonne bewegte sich langsam auf den Horizont zu und der marode Zaun warf lange Schatten über den aufgerissenen Asphalt. Ich legte mich auf den Rücken ins Gras. Diese Abende waren auf ihre Weise schön. Nicht perfekt, es hätten zum Beispiel noch Tomaten da sein können, die ich mampfen könnte, aber trotzdem großartig, leicht, entspannt, unbeschwert.

Und so kam ich hier an der Nordsee, halb auf Asphalt und halb im Gras liegend zu einer wichtigen Erkenntnis.

Denn, gerade die Tatsache, dass es nicht perfekt war, machte es so perfekt. Jake stupste mich mit dem Ellenbogen an, bevor ich einschlief.

Gut gelaunt, frisch geduscht und mit einem hübschen, geflochtenen Zopf ging ich am nächsten Morgen zum Frühstück hinunter. Jake hinter mir, sichtlich verwundert über meine Laune. Eben hatte er sogar Guten Morgen gesagt, auch wenn es noch etwas netter hätte klingen können.

Tja, heute schien aber doch kein Gute-Laune-Tag zu sein. Schon im Flur hörte man, dass irgendwas ganz und gar nicht stimmte. Ich warf Jake einen bedeutungsvollen Blick zu und er schien offenbar dasselbe zu befürchten. Kaum hatten wir den Speisesaal betreten, bemerkte Lars uns schon und kam genau wie am Dienstag durch die herumstehenden Schüler gerannt. Nur heute sah er noch entsetzter aus, schon fast verzweifelt. Und wir erfuhren auch bald warum, viel erzählen musste er auch gar nicht. Denn eines wussten wir auch so. Das, vor dem alle Angst hatten, war wieder passiert. Mudos oder wer auch immer hatte erneut zugeschlagen. Jetzt gab es noch einen Grund für Panik, die schon längst herrschte. Denn, das wurde mir in diesem Moment klar, es konnte jeden treffen: mich, Lars, Jake, Lenny, Jerry, Lukas, oder …

»Timo!«

Ich fiel beinahe in Ohnmacht, als Lars das sagte, wobei es eher eine Mischung aus Schreien und Fassungslosigkeit war. Jake packte mich an der Schulter, bevor ich nach hinten kippen konnte.

»Ich warne dich«, zischte er. Ich versuchte ihm verständlich zu machen, dass ich wirklich beinahe in Ohnmacht gefallen wäre, ob er es kapierte, wusste ich nicht. Dann sah ich geschockt wieder zu Lars, mein Verstand weigerte sich irgendetwas einzusehen. Was hatte ich eben noch gedacht? Es konnte jeden treffen, jeden. Und wen hatte es getroffen? Timo, einen meiner Freunde!

Mir war der Appetit vergangen und ich bekam auch nur mit Mühe meinen Kaffee herunter. Keiner vor uns redete groß, aber Lukas ging es am schlimmsten, Timo war schließlich sein Bruder. Lenny und Jerry versuchten abwechselnd, ihn zu trösten, es war hoffnungslos. So mussten die Freundinnen von der, die am Dienstag verschwunden war, sich auch gefühlt haben.

Von uns glaubte niemand daran, dass wir Timo je lebend wiedersehen würden, aber das verschwiegen wir Lukas. Ich befand mich die ganze Zeit in einer Art geistigen Schockstarre, irgendwie hatte ich es noch nicht richtig realisiert. Man spürte, dass in unserer Gruppe jemand fehlte. Es war wie eine schwarze Decke oder ein Netz, das sich über alle gelegt hatte. Und wir zappelten hilflos darunter, ich konnte es immer noch nicht wirklich glauben. Ich fühlte mich seltsam leer.

Die Lehrer jedenfalls waren der Ansicht, dass etwas getan werden musste.

»Wir sehen uns gezwungen eine Ausgangssperre einzurichten«, verkündete Professor Zweistein in der ersten Stunde und hörte sich dabei an wie Herr Winns. »Ab achtzehn Uhr haben sich alle Schüler im Gebäude zu befinden, und zwar ohne Ausnahme. Außerdem beginnt die Nachtruhe jetzt um einundzwanzig Uhr und wir richten ein Überwachungssystem ein. Fragen?«

Niemand sagte etwas. In dem Moment kam es mir so vor, als ob das sowieso nichts bringen würde. Dazu kam noch, dass wir abends nicht mehr hinten auf dem Platz sitzen konnten, ohne Timo.

Ich boxte gegen die Tischkarte.

»Noch gibt es Hoffnung«, meinte Lars zu mir. »Vielleicht funktioniert es ja.«

Ich brauchte ein paar Sekunden, um zu kapieren, dass er von dem Überwachungssystem redete. Manchmal wollte ich mir eine Scheibe von seinem Optimismus abschneiden.

Durch die Ausgangssperre würden alle den Nachmittag draußen verbringen. Es war zwar schönes Wetter, aber heute Abend sollte es noch schöner werden, da war ich mir ziemlich sicher. Und ich würde wieder in der Bibliothek hocken und lernen. Wenn man sich das Basiswissen nicht von Anfang an einprägte, hatte man sehr schlechte Karten.

Eben hatte ich Lars noch gefragt, was war, wenn Wer-auch-immer gar nicht nachts kam, sondern schon im Gebäude war.

»Wer könnte es denn sein?«, hatte er zurückgefragt und darauf fiel auch mir nichts mehr ein.

»Theoretisch ... jeder«, hatte ich dann doch noch gesagt, mir mein Buch geschnappt und war in Richtung Treppenhaus abgedampft. Gelernt hatte ich für heute genug, außerdem brauchte Lukas uns. Direkt neben der Tür saß Frau Büring, bewaffnet mit einem Rotstift, auf einer Bank und schaute sich unsere Bilder von Mittwoch an. Sie lächelte mir zu, als ich vorbeiging und ich nahm das als gutes Zeichen. Herr Winns und der Professor waren auch da. Dass Frau Altmann fehlte, überraschte mich schon nicht mehr, auch dass sie bei fast keinem Essen auftauchte und fast immer zu spät in die Klasse kam nicht.

Die anderen Zwerge, ausgenommen Lukas, saßen unter einem Baum und ich gesellte mich zu ihnen. Trotz des schönen Wetters herrschte eine bedrückte Stimmung. Einerseits wegen Timo, der Schock von heute Morgen saß uns noch in den Knochen und würde von dort auch nicht so schnell weichen, andererseits wegen Lukas. Wie Lenny (ich machte Fortschritte mit den Namen) mir erzählte, hockte er in seinem Zimmer und weigerte sich herauszukommen. Ablenken ließ er sich auch von niemandem, das hatten sie schon versucht. Ich überlegte einmal zu ihm hochzugehen, aber Lenny riet mir davon ab. Lukas wollte alleine sein. Und jetzt, wo ich so darüber nachdachte, verstand ich ihn auch. Bei mir war es ja ähnlich gewesen. Verdammte Scheiße!

Die Stimmung besserte sich nicht mehr, auch nicht, als es zum Abendessen Pizza gab. Lukas ließ sich endlich wieder blicken, as allerdings nicht viel. Er hatte sich den ganzen Tag lang verkrochen und ich glaubte, er war doch froh über unsere Anwesenheit. Wir stellten keine Fragen, aber wir waren jederzeit für ihn da. Und das wusste Lukas hoffentlich.

Jake rüttelte, als wir wieder nach oben gingen, probeweise an der Eingangstür und sie war tatsächlich abgeschlossen. Dann verzogen Lars und ich uns zu ihm ins Zimmer. Bis auf das Klavier am Fenster, die noch schlimmere Unordnung und, dass hier Jakes Sachen herumlagen, sah es genauso aus wie bei mir. Ich holte meine Gitarre und klimperte vor mich hin. Jake saß am Klavier und tat das Gleiche, Lars lag auf dem Bett und machte gar nichts. Das ging noch den ganzen Abend so und irgendwie war es gut. Das Schweigen brauchten wir. Zwischendurch unterhielten wir uns doch etwas, aber kein Gespräch kam so richtig in Gang. Ich fragte Jake, wie er zum

Klavierspielen gekommen war. Es passte nicht zu ihm und irgendwie doch.

»Meine Oma wollte das immer. Ich kann und konnte mich zwar nicht an sie erinnern, habe aber trotzdem mehrere Jahre Unterricht genommen«, war seine Antwort und ich dachte nur: komisch, meine auch.

Zum Lernen hatte ich überhaupt keine Motivation mehr und ich verschob es auf Samstag, auch wenn wir die Englischklausur bereits am Montag schrieben.

Am Samstagnachmittag konnte ich mich aber auch nicht konzentrieren. Draußen tobte ein Gewitter und es goss aus Eimern. Überhaupt schien es kühler zu werden, auch wenn sich die Blätter noch kein bisschen verfärbten und es für Herbst noch viel zu früh war. Ich konnte mich einfach nicht konzentrieren und starrte mit leerem Blick aus dem Fenster.

Wie seltsam alles war. War das überhaupt alles passiert, oder träumte ich nur? Der Regen war viel zu laut und andauernd donnerte und blitzte es. Als Jake dann auch noch anfing, Klavier zu spielen, flüchtete ich in die Bibliothek, wo ich es mir auf der Fensterbank bequem machte. Davor warf ich kurz einen Blick die Treppe herunter, das Buch stand noch genau da, wo ich es hingestopft hatte. Ich las mir zweimal meine Notizen durch, nur um dann festzustellen, dass ich fast gar nichts behalten hatte. Und wie es der Zufall wollte, öffnete sich im nächsten Moment die Tür und Lars kam gut gelaunt herein. Er bemerkte mich und durchquerte mit schnellen Schritten den Raum.

»Soll ich dich abfragen?«, Lars ließ sich gegenüber von mir auf die Bank fallen.

»Es gibt noch nichts, was du abfragen könntest« sagte ich, drückte ihm aber trotzdem meine Zettel in die Hand.

»Denk einfach dran, dass du die Arbeit gut schreiben willst.«

»Wann habe ich das denn gesagt?«

»Als er die Klausur angekündigt hat«, Lars räusperte sich.

»Also, was braucht man für …«

»Deinen Optimismus hätte ich gerne.«

»Ausverkauft. Aber such mal bei dir selbst.« Ich verdrehte die Augen, auch wenn es einen Versuch wert war.

Mit dem Gefühl purer Erleichterung schloss ich am Montag (nach einer zweistündigen Klausur) meinen Stift, klappte das Heft zu und legte es vorne auf den Stapel. Neben mir stand eins der Mädchen und sie hatte tatsächlich einige blaue Strähnen im Haar. Ich nickte ihr zu und ging zurück. Na bitte, das ewig lange Lernen hatte doch noch etwas gebracht, dachte ich und ließ mich auf meinem Platz fallen.

»Und?«, fragte ich Lars.

»Ganz gut.«

»Bei mir auch. Aber wiederbekommen muss ich sie jetzt nicht sofort.« Ich sah Herr Winns zu, wie er unsere Hefte in einen Beutel stopfte, und bemerkte erst nicht, dass Lars mich ansah. Ich drehte mich zu ihm und zog wie Jake sonst immer fragend eine Augenbraue hoch.

»Jake und du«, begann Lars und ich brachte meine Augenbraue wieder in Normalposition. »Ihr habt die gleichen Augen.«

»Was?«

»Ja, dunkelblau mit drei hellen Ringen. Ist dir das noch nicht aufgefallen?«

Ich schüttelte perplex den Kopf, während Lars unter dem Tisch abtauchte und in seiner Tasche kramte. Warum wich er mir denn jetzt aus? Warum sollten Jake und ich die gleichen Augen haben? Lars hatte sich das definitiv eingebildet! Seine waren heller und drei helle Ringe hatte ich jedenfalls noch nicht bemerkt. Heute Mittag würde ich sie mir einmal unauffällig genauer anschauen, ich war zu neugierig.

Aber Jake tauchte nicht auf. Entweder machte er ein Nickerchen oder Hausaufgaben, wovon ich nicht ausging. Als ich dann in mein Zimmer hochging, kam er gerade aus dem dritten Stock herunter. Mir fiel ein, dass der Schulleiter eben auch nicht beim Essen gewesen war. Jake wirkte überrascht, als er mich sah. Er machte ein nachdenkliches Gesicht und musterte mich von oben bis unten. Als er wieder geradeaus schaute, sah ich mir seine Augen an. Von der Seite ging das nicht wirklich gut, aber als ich dann fast vor die Tür lief hatte ich genug gesehen. Und Lars hatte doch recht gehabt! Verdammt!

Jake hatte tatsächlich dunkelblaue Augen mit drei hellen Ringen. Ich wusste nicht wieso, aber es beunruhigte mich irgendwie. War das Zufall oder wusste Jake etwas, von dem ich nichts ahnte? Und was hatte er im dritten Stock zu suchen? Jake zog fragend eine Augenbraue hoch und ich merkte, dass ich ihn immer noch anstarrte. Beschämt senkte ich den Blick und ging an ihm vorbei.

»Wo warst du eben eigentlich?«, fragte ich dann ganz beiläufig.

»Ich hasse Brokkoli!«, antwortete er, nur leider nicht auf meine Frage.

»Das war keine Antwort.«

Jake drehte sich noch einmal zu mir um und sah mich kurz an. Dann seufzte er und verschwand ohne ein weiteres Wort in seinem Zimmer. Ich warf meine Tasche auf den Schreibtisch und ließ mich aufs Bett sinken. Er war ein Rätsel! Alles hier war ein Rätsel! Erst das entführte Mädchen, dann Timo, die Gerüchte über Mudos und jetzt die Sache mit Jake. Das alles brachte mich völlig aus dem Konzept. Seufzend nahm ich meine Gitarre und fing an, zu spielen, auch wenn meine Fingerkuppen schon ganz wund waren. Den Kopf zerbrechen konnte ich mir später immer noch, jetzt brauchte ich etwas Beruhigendes. Und trotzdem ließ es mich nicht in Ruhe.

8 Kapitel

Als ich aufwachte, stimmte irgendetwas nicht. Ich lag nicht mehr unter meiner Decke und sie nachts wegtreten, tat ich eigentlich nie. Ich tastete mit geschlossenen Augen um mich herum. Ich war nicht mehr in meinem Bett, genau genommen nicht einmal mehr in meinem Zimmer! Denn das hatte einen Holzboden. Stattdessen lag ich auf hartem Teppichboden und, eins und eins zusammengezählt, die einzigen Räume mit diesem Bodenbelag gab es im Keller. Wie zur Hölle war ich hierhin gekommen? War das eine von Jakes neuen Weckmethoden oder träumte ich noch? War ich geschlafwandelt?

Ich merkte, wie ich Panik bekam, und öffnete ganz vorsichtig, falls noch jemand da war, die Augen. Es brannte kein Licht, nur schemenhafte Umrisse waren zu erkennen. Ich scannte den Raum ab und stellte erleichtert fest, dass niemand hier war, falls niemand in den dunklen Ecken stand. Wie war ich hierhin gekommen? Und wieso? Laut meiner inneren Uhr war es noch mitten in der Nacht, auf eine solche Idee wäre jetzt nicht einmal mehr Jake gekommen. Irgendetwas war ganz gewaltig faul! Ich zwang mich, ruhig zu atmen. Aber weder meine Atmung, noch mein Puls wollten auf mich hören.

Was war das?

Ich lauschte angestrengt in die Dunkelheit und hörte leise Schritte. Sollte ich mich schlafend stellen? Ich blieb noch ein paar endlose Minuten (oder Sekunden) ruhig liegen, aber die Schritte schienen weit weg zu sein und nicht näher zu kommen. Hoffentlich! Vorsichtig hob ich meinen Kopf an und setzte mich dann ganz langsam auf, schön darauf bedacht, kein Geräusch zu machen.

Dann hüpfte ich auf meine Füße, zog mich an der Wand hoch und lugte durch die Tür. Mein Herz raste noch schneller. Ich kam mir vor wie ein Geheimagent. Am Ende des Flures (zumindest glaubte ich das, wie lang der Flur wirklich war, wusste ich nicht) lief irgendjemand hin und her. Ich konnte in der Dunkelheit gerade so seine Gestalt erkennen. Scheiße! Scheiße! Scheiße! Der konnte nichts Gutes im Sinn haben. Und als ich das dachte, wusste ich unterbewusst genau, was hier ablief. Wenn ich mich jetzt nicht schleunigst aus dem Staub machte, würde ich so enden wie Timo! Warum ich mitten in der Nacht so klar denken konnte, war mir auch ein Rätsel.

Mein Herz pochte schneller. Obwohl ich es immer noch nicht wusste, war ich gerade der festen Überzeugung Mudos vor mir zu haben. Und er hatte ganz sicher vor, mich umzubringen! Ich wusste nicht, wann ich das letzte Mal solche Angst hatte. Diese Angst, bei der man alles tun würde, um nicht zu sterben. Oder ging ich zu früh vom Schlimmsten aus?

Ich wartete, bis die Person sich wieder von mir abwandte, und erinnerte meine Beine noch einmal daran, dass ich hier sofort weg musste. Dann setzten sie sich reflexartig in Bewegung und ich stolperte in den dunklen Flur. Ohne mich umzudrehen, rannte ich zur Treppe, machte eine haarscharfe Linkskurve und nahm drei Stufen auf einmal. Dann warf ich noch einen Blick durchs Geländer und bekam fast einen Herzinfarkt.

Der schwarze Umhang kam mit übermenschlicher Geschwindigkeit auf mich zu. Ich nahm vier Stufen auf einmal und knickte mir am Ende der Treppe den Fuß um, aber die Person kam schon herauf gepoltert. Wenn es drauf ankam, konnte ich rennen! So rappelte ich mich auf, sprintete an meiner Klasse vorbei, bog um die Ecke und riss die Glastür auf.

Wo sollte ich überhaupt hin?

Die Tür war zu und draußen wäre ich früher oder später erwischt worden, oder in der See ertrunken. Zwei Sekunden, in denen ich längst hätte wegrennen können, stand ich ratlos in der dunklen Eingangshalle. Sollte ich hinter den Tresen springen? Von draußen schien Mondlicht durch die Fenster und warf lange Schatten. Ich meinte, sogar das Meer rauschen zu hören, aber vielleicht war das auch nur eine Einbildung.

Dann, einer plötzlichen Eingebung folgend, war ich mit wenigen großen Schritten an der Treppe zum ersten Stock. Jake! Ich musste so schnell wie möglich in mein Zimmer! Aus dem Augenwinkel sah ich die Glastür zufallen und gab Vollgas. Mitternachtssprints waren nicht mein Ding und meine Lunge schrie nach mehr Luft. Wo war meine verdammte Kondition geblieben? Der Umhang kam immer näher und die

Treppe schien mit jeder Stufe länger zu werden. Sterne schimmerten durch die großen Fenster.

Im ersten Stock spürte ich plötzlich, wie sich etwas kaltes, extrem scharfes in meinen linken Oberarm bohrte. Es war keine übliche Klinge, aber etwas mindestens genauso scharfes. Das war etwas Übernatürliches. Es glühte. Eine Sekunde später zuckte der kalte Schmerz durch meinen Körper, wie Eis. Ich stolperte und sank halb in mich zusammen. Konnte man davon sterben? In einem Angstzustand, in dem ich nicht mehr wirklich wusste, was ich tat, klammerte ich mich ans Geländer, um nicht zusammenzubrechen. Hitze schoss mir in die Wangen. Blut rauschte in meinen Ohren, meine Hände begannen zu zittern.

Dann stand die Person plötzlich hinter mir und ich sprang schwer atmend die nächste Treppe hoch, auch wenn ich eigentlich nicht in der Lage dazu war. Der Tod kam immer näher. Blut lief an meinem Arm hinunter und ich musste einen Höllenlärm verursachen, aber so lange ich am Leben war, konnte ich rennen. Was ich auch tat! Dann blitzte rechts von mir etwas auf. Ich machte einen Satz nach links und stolperte noch einmal auf den letzten paar Stufen. Mir wurde für eine Sekunde lang schwarz vor Augen. Eine eiskalte Hand packte mich am Kragen und zog mich nach hinten, sodass ich keine Luft mehr bekam. Der Kragen meines T-Shirts drückte gegen meine Kehle. Ich strauchelte. Mein verletzter Arm schlug gegen das Geländer und es fühlte sich an, als würde jemand mit einer Kugel aus Eis hineinschießen. Ich glühte.

In blanker Panik trat ich nach hinten aus, traf den

Umhang und riss mich los, als dieser schmerzerfüllt aufheulte (wahrscheinlich hatte ich das Schienbein getroffen). Nur noch um die Ecke und den Flur hinunter. Ich hinterließ eine Blutspur auf dem Boden, mein Herz schlug schneller als eine Pulsuhr zählen konnte und ich spürte, wie meine Kraft immer schneller aus meinem Körper schwand. Ich konnte gerade noch aufrecht laufen. Das war nicht normal! Meine Lunge schrie nach Luft und vergaß, was sie tun sollte. Es war fast stockdunkel, aber weit konnte es nicht mehr sein, hoffte ich. Stolpernd schleppte ich mich vorwärts. Meine Beine brannten, hörten aber nicht auf sich zu bewegen. Mein ganzer Arm war ein stechender Schmerz. Ich hielt mich an der Wand fest, um nicht vornüber zu kippen. Ich spürte schon wieder die kalte Aura des Umhangs hinter mir. Tränen und Angstschweiß rannten mir übers Gesicht. Was sollte ich tun? Was hatte ich mir nur dabei gedacht?

Plötzlich blendete mich ein unbeschreiblich helles Licht. Es kam vom Ende des Flures. Ich kniff die Augen zusammen, erkannte aber, dass es aus meinem Zimmer kam. Und dann sah ich Jake.

»Lauf!«, schrie er. »Lauf! Verdammt nochmal, lauf!«

Was machte ich denn die ganze Zeit? Ich nahm meine letzte Kraft zusammen und erreichte halb erleichtert, halb in Todesangst mein Zimmer. War ich jetzt überhaupt in Sicherheit? Oder war ich geradezu in eine Sackgassen gerannt? Konnte Jake überhaupt etwas ausrichten? Ich hätte vielleicht doch lieber nach draußen rennen sollen. Nein, die Tür war zu. Mein Atem ging rasselnd, meine Haare waren schweißnass und meine

Sicht verschwommen. Ich nahm noch einmal den stechenden Schmerz in meinem Arm wahr, dann brach ich auf dem Boden zusammen.

»Lanu? Lanu!«

Jemand rüttelte an meiner Schulter. Als ich die Augen öffnete, blendete mich die Deckenlampe und ich kniff sie gleich wieder zu. Irgendjemand beugte sich über mich. Ich blinzelte ein paar Mal und erkannte Jake, so erleichtert hatte ich ihn noch nie gesehen. Der Boden unter mir war seltsam weich. Ich lag auf meinem Teppich und wollte mich aufsetzten, aber Jake hielt mich zurück.

»Liegen bleiben!« Etwas verwirrt tat ich, wie mir geheißen. Jake stand auf und verließ das Zimmer. Was war denn? Kaum hatte ich mir die Frage gestellt, spürte ich schon den Schmerz in meinem linken Oberarm und mir fiel auch wieder ein, was passiert war. Ich wollte nicht daran denken! Ich wollte, dass das aufhörte und raus hier! Hatte ich es vielleicht doch nicht komplett überlebt?

Moment, doch! Ich lebte noch! Ich lebte noch! Im nächsten Moment war mir alles egal, solange ich meinen Herzschlag spürte. Eine Welle der Erleichterung überrollte mich wie eine Dampfwalze, und gleich darauf eine des Schmerzes. Eine Schnittwunde zog sich durch die Haut an meinem Arm und blutete. Bereits getrocknete Blutspuren zogen sich bis zum Handgelenk hinunter. Es sah brutal aus. Mir wurde schlecht und ich drehte den Kopf weg. Was hatte mich verletzt? Es war doch nur Luft da gewesen, oder? Draußen unterhielten sich Jake und Herr Winns, wenn ich die zweite Stimme richtig erkannte.

»Meine Kollegen durchsuchen das Gebäude«, sagte er. »Die Schüler habe ich wieder ins Bett geschickt, ich werde es ihnen beim Frühstück erklären.« Hatte ich etwa die ganze Schule aufgeweckt?

»Ist Lanu wach?«, hakte Herr Winns noch nach.

»Ja!«, antwortete Jake ihm. Seine Stimme zitterte leicht.

»Gut!«, jetzt klang auch Herr Winns erleichtert. »Kümmere dich um sie!«

Er schwieg kurz und sagte etwas, das ich nicht verstand. Es war eine komische Situation. Die beiden standen plaudernd vor der Tür und ich lag hier mit Schmerzen und einer blutenden Wunde auf dem Boden.

»Hier«, wieder ein paar Sekunden Schweigen. »Ich werde jetzt meinen Kollegen helfen. Gute Nacht!«

»Gute Nacht!«, brachte Jake gezwungen hervor.

Schritte entfernten sich, während Jake mit einem Verbandskasten unter dem Arm ins Zimmer zurück kam. Ich krümmte mich vor Schmerzen und mir schossen Tränen in die Augen. Das Ausführen seiner Anweisung, mich mit dem Rücken gegen den Bettrahmen zu lehnen, war fast unmöglich und ich brauchte drei Anläufe, selbst mit Jakes Hilfe. Ich hätte mich auch aufs Bett setzten können, das wäre bequemer gewesen. Aber ich hatte keine Kraft mich aufrecht zu halten und meinen Arm wollte und konnte ich nicht bewegen. Jake klappte seinen Kasten auf und holte eine kleine Flasche und Taschentücher heraus. Dann begann er, die Wunde zu desinfizieren oder reinigen. Ich wusste nicht, was das werden sollte, aber es brannte fürchterlich und ich zuckte zurück.

»Still halten!«, knurrte Jake mit zusammengebissenen Zähnen und zog mich wieder zu sich. Wenigstens machte er es jetzt vorsichtiger. Jedes Mal, wenn er die Wunde berührte, kniff ich die Augen zusammen, es tat höllisch weh.

»Es blutet nicht mehr«, meinte Jake und legte das Taschentuch zur Seite. Ich seufzte erleichtert, sah aber trotzdem nicht hin.

»Du hast Glück gehabt!«, meinte Jake und versuchte, das getrocknete Blut von meinem Arm zu bekommen (was weitaus weniger weh tat).

»Eigentlich ...«, Jake schluckte. »Hättest du jetzt deinen linken Arm beerdigen können.«

Ich runzelte verständnislos die Stirn, bis mein Gehirn schaltete. Und dann schluckte ich auch. Allein die Vorstellung war schrecklich.

Halleluja!

Hinter Jake hatte sich mittlerweile ein Haufen blutgetränkter Taschentücher angesammelt. Bei dem Anblick verspürte ich wieder das Bedürfnis, zu kotzen.

»Guck lieber woanders hin«, riet Jake mir. Ich sah brav auf meine Füße. Die blaue Wandfarbe meines Zimmers wirkte beruhigend. Mein Kopf wurde langsam schwer und ich konnte ihn kaum noch gerade halten. Das Bett als Ablage kam nicht infrage, das war zu niedrig. Ich seufzte innerlich und versuchte meine Augen offen zu halten.

Ich war müde!

Mein Arm tat weh!

Und ich wollte einfach nur schmerzfrei schlafen!

Schlafen und alles vergessen (oder wenigstens bis morgen aus meinem Gedächtnis verbannen), was heute Nacht passiert war! Ich gähnte.

»Ich bin gleich fertig«, sagte Jake mit unerwartet sanfter Stimme. »Dann kannst du schlafen.«

Schlafen. Bei dem Klang dieses Wortes befand ich mich in einem seligen Zustand, mit der Aussicht auf mein Bett und so viele Stunden *Schlaf,* wie ich wollte. Ich sah wieder zu Jake, der zwei Rollen Verband und eine Rolle Klebeband aus dem Kasten zog. Dann begann er, meinen Arm einzuwickeln. Mir fiel auf, wie konzentriert er bei der Sache war.

»Willst du mal was mit Medizin machen?«, fragte ich.

Jake sah überrascht auf und zuckte mit den Schultern: »Vielleicht. Und du?« Ohne eine Miene zu verziehen, nahm er die zweite Rolle und wickelte weiter.

»Keine Ahnung«, antwortete ich erst und sah zu meiner Gitarre hinüber.

»Musik, denke ich.« In die Richtung sollte es bisher zumindest gehen. Ich war mir da allerdings nicht mehr so sicher, denn offensichtlich war einiges durcheinander gebracht worden in den letzten Wochen und irgendwie trieb ich ziellos umher. In diesem Moment, wo ich so darüber nachdachte, wusste ich überhaupt nicht, wer ich war und was ich wollte.

Jake nahm das Klebeband, schnitt einen Streifen ab und klebte ihn auf den Bettrahmen. Lange konnte es nicht mehr dauern. Doch gerade war, trotz meiner plötzlich eintretenden Müdigkeit, an Schlaf nicht zu denken. Mein Arm tat immer noch höllisch weh. Die

Deckenlampe flackerte ein wenig.

Ich biss mir auf die Unterlippe: »Hast du Schmerzmittel?«

Er nickte: »Gleich.« Ich seufzte innerlich, hoffentlich konnte ich dann endlich schlafen. Es musste schon drei Uhr nachts sein, mindestens. Aber das Universum hatte andere Pläne für mich. Auf dem Flur waren Schritte zu hören und schon kam der Schulleiter herein. Die anderen Lehrer blieben draußen stehen, denn so groß war mein Zimmer nun auch wieder nicht.

Jake seufzte abgrundtief: »Kann Lanu nicht morgen ausgefragt werden?« Ich wollte ihn dafür umarmen, dass er auf meiner Seite war.

»Nein!«, entgegnete Herr Winns mit scharfer Stimme. »Wir brauchen die Informationen so schnell wie möglich.«

Informationen. Ich war verletzt und müde und er wollte *Informationen.* Jetzt seufzte ich abgrundtief, diesmal aber laut. Warum nahm denn keiner Rücksicht auf mich? Ich war froh, dass ich noch lebte, und sollte jetzt alles noch einmal erzählen? Meine Gedanken wirbelten durcheinander. Ich wusste plötzlich nicht mehr, was wann passiert war. Ich spürte Panik in mir hochsteigen. Alle, außer Jake und Frau Büring, sahen mich abwartend an. Ich seufzte erneut. Sollten sie doch ihre Informationen bekommen, aber nur die Kurzfassung. Ich wollte schließlich so schnell wie möglich ins Bett!

»Ich bin im Keller aufgewacht und geflüchtet. Irgendeine Person in schwarzem Umhang ...« Was für ein Klischee, hätte Mudos sich nicht etwas besseres überlegen können? »... hat mich verfolgt, ich bin in die Eingangshalle gelaufen und hier hoch. Raus konnte ich ja nicht, die Tür war zu und lange hätte ich dann auch nicht mehr überlebt. Dann hat mich irgendwas verletzt und auf dem Flur ist Jake mir entgegengekommen ...«

Ich brach ab. Frau Altmanns Blick flackerte.

»... viel konnte ich auch nicht mehr machen. Der Umhang hat sich aufgelöst«, ergänzte Jake noch. Das helle Licht im Zimmer war unangenehm.

»Gut, gut«, Herr Winns rang die Hände. »Womit wurdest du verletzt?«

Ich zuckte mit der rechten Schulter und versuchte, meinen Puls wieder zu beruhigen, der während meiner Erzählung und den vorbeiziehenden Bildern in meinem Kopf deutlich in die Höhe geschossen war. Ein silberner Schimmer, war das Einzige, was ich gesehen hatte. Irgendetwas lag mir auf der Zunge, aber ich kam nicht drauf. Der Schulleiter setzte die Seufzer-Serie fort: »Konntest du sonst irgendwen identifizieren?«

Was war das denn für eine Wortwahl? Mal überlegen, ich wurde von jemandem verfolgt, der die Kapuze fünf Meter tief im Gesicht hängen hatte und bis auf das Mondlicht war es stockdunkel. Außerdem war ich noch nicht vielen solcher Leute begegnet, woher sollte ich also jemanden *identifizieren* können?

»Nein«, antwortete ich schließlich pampig. Herr Winns schienen endlich die Fragen ausgegangen zu sein.

»Lanu sollte jetzt wirklich schlafen!«, sagte Jake und

der Schulleiter nickte, bevor er mit den anderen ohne ein weiteres Wort verschwand. Irgendjemand knallte die Tür zu.

»Endlich!«, sagte Jake erleichtert. Das war ich im Übrigen auch, aber auch sauer, dass man mich so lange vom Schlafen abgehalten hatte. Ich wollte schon aufstehen, aber Jake hielt mich noch einmal zurück.

»Was ist denn jetzt noch?« Zur Antwort nahm er meinen noch immer schmerzenden Arm und wickelte ein Stück Verband wieder ab. Dann wickelte er es deutlich fester wieder darum und klebte die zwei Streifen, die er eben auf dem Bettrahmen zwischengelagert hatte, darauf.

»Fertig!«, sagte er und warf die Taschentücher im hohen Bogen in den Mülleimer. Ich erhob mich schwerfällig, stützte mich mit der rechten Hand auf dem Bett ab und versank zwischen den Kissen wie ein Sack Kartoffeln. Jake räumte noch den Verbandskasten wieder ein und legte ihn auf meinen Schreibtisch. Dann gab er mir eine Schmerztablette, die ich ihm umgehend aus der Hand nahm, und sagte: »Es ist sicherer, wenn ich heute hier übernachte.«

Der Satz hing ein paar Sekunden lang in der Luft, wie eine Bombe, die jeden Moment explodieren konnte.

»Was? Wieso das denn?«, fragte ich etwas zu scharf zurück und versuchte schnell, die Tablette hinunterzuspülen.

Jake sah mich an: »Verdammt, Lanu! Ich mache mir Sorgen!«

Das kam wirklich überraschend. Ich spuckte das Wasser in hohem Bogen wieder aus.

»Was?«, hustete ich. »Du machst dir Sorgen?« Sofort merkte ich, dass ich etwas Falsches gesagt hatte. Ich nahm noch einen Schluck und würgte die Tablette hinunter, um Jake nicht ansehen zu müssen, tat es dann aber doch. Er sah nicht wirklich verletzt aus, eher negativ überrascht. Ich schlug mir innerlich gegen die Stirn. Aber dass er sich überhaupt wirklich um jemanden sorgen konnte, hatte ich nicht erwartet. Jake wirkte sonst immer so eigensinnig und teilweise auch arrogant. Es passte nicht zu ihm, oder es war eine Seite an Jake, die ich noch nicht entdeckt hatte.

»Sorry!«, sagte ich dann, überfordert mit der Situation.

Er nickte: »Schon gut. Ich bin auch müde.« Jake nahm es einfach so hin.

»Wirklich?«, hakte ich nach. Es hing noch ein Rest von Streit in der Luft. Er nickte und schien es ernst zu meinen. Dann ging Jake in sein Zimmer, kam mit Decke und Kissen wieder und legte sich zu mir. Ich hatte es mir bereits bequem gemacht und weigerte mich erst, zur Seite zu rutschen. Da ich mich aber nicht weiter mit Jake streiten wollte, tat ich es dann doch. Mein Arm und mein Kopf taten weh, meine Gedanken rasten durcheinander und ich konnte nichts Klares mehr denken. Hoffentlich wirkte diese Tablette bald.

»Außerdem …«, meinte Jake dann. »… könnte er es noch einmal versuchen.«

»Warum schließen wir nicht einfach die Tür ab?«

»Glaubst du, das hält ihn auf?« Na super, als ob ich heute nicht schon genug Panik gehabt hätte. Unrecht hatte Jake aber auch nicht. Verdammt!

»Was meinst du, wer das gewesen sein könnte?«, fragte er. Wollte Jake sich etwa jetzt noch unterhalten?

»Ich will schlafen!«, murmelte ich.

»Die Tablette braucht eine Viertelstunde, bis sie wirkt.« Ich blies mir genervt eine Haarsträhne aus der Stirn.

»Mudos«, sagte ich dann, etwas zu bestimmt.

»Sicher?«, fragte Jake zurück.

»Wer könnte sonst Leute entführen, verletzten und/ oder umbringen?«

»Keine Ahnung«, Jake legte sich auf den Rücken. »Aber wenn das wirklich Mudos war, haben wir die Arschkarte gezogen! Sag mal, woher kennst du den überhaupt?«

»Lars hat es vermutet, als dieses Mädchen verschwunden ist und ich ...«

»Du bist einfach zu neugierig.«

Ich nickte und sah noch einmal auf meinen Verband. Jake hatte bereits die Augen geschlossen. Vielleicht schlief er schon, aber ich wollte unbedingt noch wissen, wie es zu der Wunde gekommen war. Da war doch nichts gewesen außer ... Luft, oder?

»Jake?«, flüsterte ich. »Was, glaubst du, hat mich verletzt?«

»Mmhh«, machte er und sah nachdenklich an die Decke. »Hab ich mich auch schon gefragt.« Er fuhr sich mit der Hand durch die Haare.

»Erinnerst du dich noch daran, was Lenny und Jerry letztens gesagt haben?«

Ich nickte, obwohl ich keine Ahnung hatte worauf er hinaus wollte. Jake redete aber von selbst weiter: »Man kann aus Luft ein Schwert formen, so scharf und lang wie man es gerade braucht. Ich glaube, das war es.«

Jetzt klingelte es bei mir: »Also muss es jemand mit dem Element Luft gewesen sein?«

»Ja«, antwortete Jake. »Oder jemand, der alle Elemente beherrscht.«

»Das geht also?«

»Mudos kann das bestimmt.«

Ich schluckte: »Definitiv die Arschkarte!« Irgendetwas wollte ich noch sagen, also machte ich den Mund auf, aber Jake unterbrach mich.

»Lanu, schlaf jetzt! Morgen können wir uns immer noch den Kopf zerbrechen.«

Es dauerte aber noch, bis ich wirklich einschlief. Der Schmerz hatte zwar nachgelassen, endlich, aber innerlich war ich viel zu aufgewühlt, um zur Ruhe zu kommen. Schon komisch, dass das, was alle Lebewesen zum Leben brauchten, mich beinahe umgebracht hatte. Wie gut war es doch, sich in Sicherheit zu wissen. Und wie gut auch wieder nicht. Ich atmete tief ein und wieder aus. Irgendwie schon sehr ... krass.

Erst als ich aufwachte, merkte ich, dass ich überhaupt eingeschlafen war. Jake lag nicht mehr neben mir, aber seine Zimmertür stand offen und die Dusche war an. Ich wollte noch nicht aufstehen. Es kam mir so vor, als wäre ich erst vor zwei Minuten eingeschlafen. Ich rollte mich zur Seite, aber mein Magen knurrte und ich sah Bilder von Pfannkuchen und Himbeeren vor meinem geistigen Auge. Hatte ich gerade im Traum vielleicht welche gegessen? Schöner Traum.

Mein Blick fiel unbeabsichtigt auf den Verband. Es

tat nur noch weh, wenn ich mich irgendwo stieß (in diesem Fall das Kopfteil vom Bett) und ein paar kleine rote Blutflecken waren zusehen. Warum war mir das passiert? Warum Timo? Warum diesem Mädchen?

Ich wollte nicht aufstehen. Bestimmt hatte Herr Winns schon allen verklickert, was los war und ich war Gesprächsthema der Schule. Super! Bei Lars und den anderen (es fühlte sich komisch an, Zwerge zu sagen, da wir ja gar nicht mehr zu siebt waren und eigentlich auch normal groß) konnte ich es ja verstehen, wenn sie genau wissen wollten, was geschehen war. Sie machten sich bestimmt Sorgen, Lars mindestens. Und doch konnte ich es der restlichen Internatsbevölkerung nicht ganz verübeln. Alle hatten schließlich Angst. Ich auch, nachdem ich dem Tod so knapp entkommen war.

Ich versuchte, mich an Lars zu halten: nicht verrückt machen lassen.

Als ich mich aus dem Bett gequält und umgezogen hatte, war es erst sieben Uhr. Ich dachte eigentlich, ich würde länger schlafen, aber gut. Jake fragte etliche Male nach, ob ich ausgeschlafen wäre, ob ich Schmerzen hatte und ob ich wirklich zum Frühstück gehen wollte. Ich hatte Hunger und ging einfach hinaus, Jake machte sich anscheinend wirklich Sorgen.

An der Treppe holte uns Lars im Laufschritt ein und kam schlitternd zum Stehen: »Um Himmels Willen! Was hast du gemacht? Was war da los? Geht es dir gut?«

Er war regelrecht hysterisch, was ich verstehen konnte, und ich überfordert, was ich auch verstehen konnte.

»Ja. Ja, mir geht es gut«, sagte ich dann, um ihn zu beruhigen.

»Nein, Lanu geht es nicht gut«, meinte Jake.

»Aber was war denn …?«

»Bitte!«, sagte Jake eindringlich. »Glaubst du, sie will das alles nochmal durchmachen, das musste sie den Lehrern schon erzählen.«

»Nein, aber ich … wir …«, stotterte Lars. Er sah aus, als hätte er die ganze Nacht nicht geschlafen. Jake seufzte.

»Ist ja gut«, meinte ich. »Ich erzähle es einfach allen zusammen.«

Keine Ahnung, wie ich mich damit so schnell abgefunden hatte. Jake dagegen sah mich entsetzt an und wollte etwas erwidern. Ich nickte und er seufzte noch einmal. Was war mit ihm los? Erst war er so arrogant und hatte, nur wenn es unbedingt nötig war, mit mir geredet. Und jetzt kümmerte er sich um mich, machte sich Sorgen und war so … fürsorglich. Die Stimmung zwischen uns war irgendwie anders, als würden wir uns schon viel länger kennen, weil …

Ehrlich, er war ein Rätsel.

Jake war ein Rätsel wie momentan alles hier. Ich hasste diese Ungewissheit, auf nichts gab es Antworten. Es gab nur Vermutungen und Gerüchte, und auch sonst keine handfesten Informationen oder Hinweise, wer oder was hinter dem Ganzen steckte. Mein Gott, ich hörte mich schon an, als wäre ich Kommissarin bei der Polizei. Vielleicht machte ich später mal so etwas in der Art.

Ich musste immer wieder darüber nachdenken und alles noch einmal, wie einen dicken Aktenordner voller Hypothesen, umwälzen. Ich wollte doch nur Antworten und einen Abend auf dem Basketballplatz, der noch in endlos ferner Zukunft lag. Abwarten, mehr fiel mir an Dingen, die man tun konnte, einfach nicht ein. Warten, dass irgendetwas passierte. Warten, dass man irgendwo Hinweise fand. Warten, dass sich Puzzleteile zusammenfügten.

Warten, bis es vielleicht zu spät war.

9 Kapitel

Ich befand mich nur mit einem Millimeter meines Körpers im Speisesaal, da hatten sich schon alle zu mir umgedreht und ich lief knallrot an. Super! Ich war doch nur heute Nacht fast umgebracht worden. Jake packte mich am Arm und zog mich zum Buffet hinüber. Lars flankierte mich von der anderen Seite, um mich vor den neugierigen Blicken zu schützen. Ich war den beiden gerade unendlich dankbar. Doch so lecker das Frühstück auch war, so unangenehm war es auch, mit den anderen Schülern in einem Raum zu sein. Konnten sie sich nicht einfach weiter unterhalten? Warum war ich überhaupt heruntergekommen?

»Iss wenigstens etwas«, sagte Jake und legte mir ungefragt ein Croissant auf den bisher leeren Teller.

»Ich habe aber keinen Hunger«, protestierte ich.

»Trotzdem«, konterte er und Erdbeeren gesellten sich zu dem Croissant. »Mit leerem Magen denkt es sich nicht gut.«

Ja gut, Jake hatte schon wieder recht. Am Tisch wurde ich in die Mitte gesetzt, damit ich nicht von allen Seiten angeglotzt wurde, und ich lieferte eine Zusammenfassung von letzter Nacht. Keiner stellte Fragen. Was würde ich nur ohne sie alle machen? Wäre ich dann überhaupt noch am Leben? Was wäre denn passiert, wenn Jake nicht aufgetaucht wäre? Ich wollte es mir nicht vorstellen. Aber vor allem hatte ich Idiot mich noch nicht einmal bei ihm bedankt!

Den ganzen Tag über konnte ich mich nicht konzentrieren, obwohl Jake hartnäckig dafür gesorgt hatte, dass ich brav meinen Teller leer aß. Mein Arm meldete sich zurück und meine Kopfschmerzen auch. Professor Zweistein nervte mit den Nebenflüssen des Amazonas und meine Laune sank rapide ins unterste Kellergeschoss. Mit leerem Blick starrte ich auf die Tafel und schrieb im Schneckentempo alles ab, was darauf geschrieben wurde. Wenigstens wurde ich nicht drangenommen. Von den Flüssen in Brasilien hätte ich sowieso nur den Amazonas und den Rio Negro aufzählen können, die kannte ich aus *Die Vermessung der Welt*. Lars' Bemerkung über meine Augenringe trug auch nicht zur Besserung meiner Laune bei, im Gegenteil. Er versuchte, mich mit seinem grenzenlosen Optimismus zu motivieren. Ich wollte ins Bett!

Außerdem überlegte ich den ganzen Tag hin und her, wie und wann ich mich bei Jake bedanken sollte. Mir wollte nichts einfallen. Eigentlich fielen mir viele Dinge ein, aber mir erschien nichts davon passend. Die Stunden zogen träge dahin und die Zeiger der Uhr schienen immer langsamer zu werden.

Das letzte Klingeln der Schulglocke nach einer besonders langweiligen Stunde bei Frau Altmann war eine Art Urknall. Ich stopfte meine Blöcke in die Tasche, ohne auf Eselsohren zu achten. Dann drängelte ich mich an Lars vorbei, verließ fluchtartig den Raum und rannte draußen vor der Tür fast Jake um.

»Ähm ...«, ich hatte wieder das Gefühl irgendetwas sagen zu müssen, bekam aber keinen klar verständlichen Satz zusammen. Wollte ich mich nicht eigentlich bei ihm bedanken? Bevor ich weiter überlegen konnte, umarmte ich ihn einfach. Jetzt war es auch egal.

»Danke!«, flüsterte ich.

Er wirkte überrascht: »Das war doch ... also ...«

Seit wann stotterte Jake? Hielt er das heute Nacht etwa für normal, dass er mir geholfen hatte? Oder sagte ihm nie jemand *danke*, sodass er schon völlig kaltherzig war?

»Ich meine es ernst!«, sagte ich dann und meinte es wirklich so. »Wirklich, danke!« Ich löste mich wieder von ihm, während Jake mich (genau wie gestern) musterte. Dann lächelte er kurz und schob mich vor sich her Richtung Treppe. Was war mit ihm los?

Das ganze Mittagessen hindurch herrschte unangenehmes Schweigen. Jakes Gesichtsausdruck war undeutbar. Ich zwang mich, etwas zu essen, bekam aber nur wenig herunter, da ich zu sehr mit Grübeln beschäftigt war. Grübeln, tat ich eigentlich noch etwas anderes? Das alles hier war so verwirrend, dass mein Gehirn überhaupt nicht mehr zur Ruhe kam. Machten sich die anderen, Lars und die Zwillinge und Lukas, eigentlich auch so viele Gedanken? Da! Schon wieder! Mein Gehirn hielt einfach nicht die Klappe, aber ich war nun einmal ein Vieldenker. Ich musste mich dringend entspannen, einfach mal nichts tun, außer atmen natürlich. Und Jake hatte auch gesagt, dass ich mich ausruhen sollte. Vielleicht konnte ich danach auch mal logische Schlüsse aus dem Chaos ziehen. Gesagt, getan.

Jake hatte noch eine Stunde Training und es war herrlich ruhig im Zimmer. Ich durchforstete das Internet, bis ich eine vielversprechende Videoanleitung gefunden hatte. Und es funktionierte. Im Schneidersitz, die Hände auf meinen Knien saß ich mitten auf meinem Bett und machte brav die Atemübungen mit. Ich war tiefenentspannt. Mein Kopf war vollkommen leer und ich machte nichts, außer ein und aus atmen und der Musik zuhören. Ich kam mir vor, als würde ich sorglos auf einer Wolke sitzen. Es gab nichts Böses, nur Wolken und Sterne.

Doch dann verschwanden die Sterne schlagartig, als die Tür aufgerissen wurde. Das Geräusch war wie ein Blick direkt in die Sonne, wenn man seine Augen lange geschlossen hatte: »Gehts noch?« Ich fiel von meiner Wolke herunter. Jake stand in der Tür, wer auch sonst.

»Sorry!«, sagte er dann mit etwas zerknirschtem Gesichtsausdruck. Jakes Haare klebten ihm nass in der Stirn und er atmete schnell. Was auch immer er gemacht hatte, es musste anstrengend gewesen sein. Ich stoppte das Video und rieb mir die Augen.

»Was hast du gemacht?«, wollte Jake wissen.

»Meditiert«, sagte ich. »Ich wollte mal zur Ruhe kommen und den Kopf frei kriegen, bevor er explodiert.«

»Das hätten so einige hier mal nötig«, er schwieg ein paar Sekunden. »Kannst du mir einen Gefallen tun?«

Jake wartete nicht auf meine Antwort.

»Ich weiß, du willst es nicht nochmal durchleben, aber ich muss wissen was genau passiert ist …«

»Das habe ich doch schon zweimal erzählt.«

»Ja, aber nicht alles oder?«

War ich so leicht zu durchschauen?

»Bitte!« Ich kaute auf meiner Unterlippe. Ich würde es viel lieber Jake erzählen als Herr Winns oder sonst wem und Jake hatte es verdient, alles zu erfahren. Schließlich nickte ich: »Aber erstmal gehst du duschen. Das hast du nämlich nötig!«

Nach einer Viertelstunde kam Jake wieder in mein Zimmer zurück und setzte sich auf den Teppich, der immer noch von Blutflecken geziert war.

»Also gut«, setzte ich an, nachdem er noch einmal bitte gesagt hatte. In mir machte sich schon wieder Panik breit. Um es schnell hinter mich zu bringen, öffnete ich den Mund und fing an, zu reden. Ich hatte nicht damit gerechnet, aber die Worte sprudelten nur so aus mir heraus. Ich war nicht mehr zu bremsen und ließ kein Detail wie etwa die Stufe, auf der ich verletzt wurde oder wie oft Mudos hin und her gelaufen war, aus. Als ich fertig war, merkte ich, wie gut das tat. Die Ungewissheit war zwar immer noch da, aber ich war diesen Druck los. Jake wusste jetzt wirklich alles und ich musste es nicht mehr ständig durchdenken und grübeln. Was mein Kopf natürlich trotzdem tat.

Einige Zeit später kam Herr Winns noch einmal hereingeschneit, als Jake gerade an meinem Arm herumfuhrwerkte. Ich saß mit zusammengebissenen Zähnen auf der Bettkante und hoffte, dass der Direktor nicht vorhatte, mich noch einmal auszufragen. Sein bohrender Blick dabei war unerträglich. Aber Jake antwortete glücklicherweise für mich und rieb die Wunde vorsichtig mit Salbe ein. Ich sollte mich weiter ausruhen und es würde gut verheilen, noch etwas Positives. Jake wickelte den Arm wieder ein, half mir auf und verschwand dann in seinem Zimmer.

Ich beeilte mich zu Lars zu kommen. Ich hatte mich mit ihm zum Lernen verabredet, war aber viel zu spät. Meine Armbanduhr hatte ich nicht dabei und meine innere Uhr war aus dem Takt geraten. Konnte man das eigentlich reparieren?

Tja, nachdem der Direktor mich, oder eher gesagt Jake, heute ausgefragt hatte, hatte ich damit gerechnet, jetzt endlich in Ruhe gelassen zu werden. Aber ich kannte den Direktor wohl noch nicht gut genug, da er während des Abendessens bestimmt zehn Minuten bei Lars und mir am Tisch stand. Ihm schienen noch mehr weltbewegende Dinge eingefallen zu sein, die er in aller Öffentlichkeit von mir wissen wollte. Lars und ich saßen alleine zwischen lauter anderen, die wir nicht nicht kannten. Dafür waren sie aber umso neugieriger. Schön und gut, wenn sie Angst hatten, hatte ich ja schließlich auch, aber alles mussten sie auch nicht wissen. Ich antwortete angestrengt freundlich. Lars versetzte mir unter dem Tisch aber einen warnenden Tritt gegen das Schienbein. Ich war kurz davor Herr Winns zu sagen, dass er doch sich selbst fragen sollte. Jake hatte ihm das so in der Art schon erzählt, nur konnte Lars netterweise nicht für mich antworten und Jake … wo war der eigentlich, wenn man ihn brauchte?

Als der Direktor wieder zu seinem Tisch abdampfte,

schlang ich das restliche Essen hinunter und flüchtete. Einige warfen mir Blicke hinterher. Ich wollte schon die Treppe hochspringen, tat es dann aber aus Rücksicht auf meinen Arm doch nicht. Lars holte mich auf dem Treppenabsatz ein. Er wollte noch weiterlernen und so ging ich alleine in mein Zimmer. Den restlichen Abend las ich mein Buch weiter und diskutierte mit Jake. Er bestand darauf, wieder bei mir zu übernachten. Ich wollte meine Ruhe haben.

»Hör mir doch mal zu!«, er setzte sich zu mir aufs Bett. »Er kann jederzeit wieder zuschlagen! Wahrscheinlich hat er dich sogar im Visier!«

»Ja, ich weiß schon was du meinst. Aber muss man sich deswegen jetzt völlig verrückt machen lassen?«

Ich fand mein Argument ziemlich gut.

»Du hast ja recht«, Jake fuhr sich durch die Haare. Ha, Lars wäre stolz darauf, dass ich seinen Optimismus übernommen hatte. Das musste ich ihm unbedingt erzählen.

»Aber …«, setzte Jake an. »… du hast einfach noch nicht genug Erfahrung um mit ihm fertig zu werden, besonders nicht mit der Wunde. Und Wegrennen würde dann auch nicht helfen.«

»Hältst du mich jetzt für dumm oder was? Du warst vor drei Jahren auch nicht viel schlauer. Und außerdem bin ich erst seit ein paar Wochen hier.«

»Das sollte keine Beleidigung sein«, er fuhr sich erneut durch die Haare. »Ich will mich nicht mit dir streiten, okay?«

»Ich auch nicht!«

»Gut.«

Ich schlug mein Buch wieder auf und las zwei Seiten, ohne ein Wort zu verstehen. Die Buchstaben wollten sich einfach nicht zu Wörtern zusammensetzen. Irgendetwas ließ mich nicht in Ruhe. Ich wusste nicht was, aber es machte mich wahnsinnig. Dann sah ich kurz zu Jake.

Er vergrub sein Gesicht in den Händen und sah mich dann wieder an, bevor ich wegschauen konnte.

»Außerdem …«, sagte er. »… mache ich mir immer noch Sorgen.«

Ich riss mich zusammen, bevor ich wieder etwas Unangebrachtes sagen konnte. Ich wollte mich wirklich nicht mit ihm streiten.

»Glaub es oder glaub es nicht«, setzte Jake noch hinzu. Ich drehte mich auf die Seite.

»Hast du was gegen mich? Oder warum bist du so?«

»Nein!«, sagte ich sofort, was ja auch stimmte.

»Wirklich nicht?«, hakte er nach.

»Nein!«, antwortete ich Jake, der mittlerweile auf dem Rücken lag und an die Decke starrte. Ich dachte einen Moment nach und kam zu dem Schluss, dass wir uns mal aussprechen mussten.

»Es ist nur so, dass du am Anfang kein Wort gesagt hast und so abweisend warst und jetzt bist du viel freundlicher und kümmerst dich um mich und … ach keine Ahnung. Das ist irgendwie …«

Darauf fing Jake an zu lachen: »Lanu, freu dich doch darüber, wenn es was Positives gibt.«

Gut, Lars wäre nicht mehr stolz auf mich. Blöder Optimismus!

»Ich weiß, dass es dir nicht gut geht wegen deinem

Arm und dem ganzen Scheiß. Als ich dich auf dem Flur gesehen habe, habe ich fast einen Herzinfarkt bekommen. Ich habe auch fast die ganze Nacht wach gelegen, weil ich dein angstverzerrtes Gesicht durchgehend vor mir hatte. Bitte, tu mir das nicht nochmal an.«

Jake machte eine Pause.

»Ich verstehe das, glaub mir, aber du grübelst die ganze Zeit vor dich hin. Du bist immer so verschlossen. Ich weiß echt nicht, was mit dir los ist! Und du hast Angst, das sehe ich. Deswegen mache ich mir Sorgen!«

»Ich bin verschlossen?«

»Ja.« Jake hatte ins Schwarze getroffen. Ja, ich hatte Angst. Ja, ich grübelte den ganzen Tag. Ja, ich wollte dass diese verwirrende Zeit aufhörte. Ich wollte, dass es schon morgen war oder Übermorgen oder keine Ahnung wann. Und ich musste an meine Eltern denken, wobei ich fast an zu heulen fing, es ging einfach nicht anders.

»Jake«, sagte ich, schwieg einen Moment und blinzelte die Tränen weg.

»Du hast recht. Ich will, dass das hier vorbei ist. Es ist alles so verwirrend und es gibt so viele Fragen und auf die Fragen alle keine Antworten …«

»… dass dein Gehirn keine Ruhe gibt und du alles wieder und wieder durchdenken musst.«

»Ja.«

»Man müsste die Zeit bis *morgen* vorspulen können.« Seit wann konnte Jake Gedanken lesen?

»Ja«, sagte ich wieder. »*Morgen* oder irgendwann ist vielleicht wieder Ruhe. Wobei ich eher glaube, dass morgen noch mehr Fragen dazu kommen. Und dann grübele ich noch mehr und … Es macht mich wahnsinnig!«

Jake sah mich an: »Beruhig dich, okay! Es wird nicht ewig so weitergehen! Was sagt Lars immer?«

»Nicht verrückt machen lassen!«, antwortete ich, wie aus der Pistole geschossen. Ich hatte es eben ja auch selber gesagt.

»Also«, sagte Jake. »Jetzt atme mal tief ein und aus …«

Ich tat wie mir geheißen und beruhigte mich tatsächlich langsam wieder.

»Es tut mir leid«, sagte er noch. »Also, dass ich am Anfang so, wie sagtest du, abweisend war. Ich … ich dachte nicht, dass dich das so mitnehmen würde.«

»Hättest du mir denn zugehört?«

»Hättest du überhaupt mit mir reden wollen?«

»Gute Frage, aber trotzdem danke!«

»Wenn ich das mal anmerken darf«, ergänzte Jake. »Du warst anfangs auch nicht immer nett.« Ich kaute auf meiner Unterlippe und schluckte. Ja …

»Ja, du hast recht. Es tut mir leid!«, entschuldigte ich mich und meinte es wirklich so. Dann nahm Jake mich ganz fest in den Arm und ich wusste, dass es ein *Morgen* geben würde. Und bis dahin mussten wir eben warten und uns nicht verrückt machen lassen.

Tja, so friedlich gestern auch alles zu sein schien, sah das am Mittwochmorgen schon wieder ganz anders aus. Ich wurde von einer Mischung aus Hahnengeschrei in mindestens zwanzig verschiedenen Oktaven geweckt.

»Mach sofort den Scheiß aus!«, brüllte ich und bewarf Jake, der wieder einmal grinsend neben meinem Bett stand mit allen Kissen, die ich in die Finger bekam.

»Sorry«, sagte er immer noch blöd grinsend und meinte es kein bisschen ernst. Er warf die Kissen zurück: »Du bist einfach nicht wach zu kriegen.« Ich warf ihm einen Todesblick zu, der seine Wirkung natürlich vollkommen verfehlte.

»Oh oh, der Morgenmuffel wird sauer.«

»Halt die Klappe!«, zischte ich, aber Jake nahm nur grinsend sein Handy und stellte das entsetzliche Geschrei endlich ab.

»Ja ja, lach nur.«

Ich knallte die Badezimmertür hinter mir zu. Es war an der Zeit, dass er von mir geweckt wurde.

»Eiswasser!«, schlug Lars kaltblütig während einer besonders langweiligen Theoriestunde von Professor Zweistein vor. Er wollte unbedingt mit von der Partie sein.

»Mmhh gute Idee, aber wer hat den bitte einen Gefrierschrank im Zimmer?«

»Man muss nur wissen wo.«

»Und wo?«

»In der Küche.« Ich schlug mir gegen die Stirn. Als es klingelte, ging Lars nach draußen und der Direktor kam herein. Was wollte er denn hier? Wir hatten heute keinen Unterricht bei ihm. Ich kramte das Buch für die nächste Stunde hervor. Die Mädchen hinter mir kicherten. Herr Winns und der Professor unterhielten sich kurz und leise, aber ich verstand jedes Wort. Es ging um irgendeine Inga, die sich angeblich immer seltener blicken ließ und, ihrer Meinung nach, noch nie besonders gut mit Menschen klargekommen war. Aha, alles klar? Wer war Inga? Eine Schülerin? Nach höchstens zwei Minuten verschwand der Direktor schon wieder mit den Worten: »Wie auch immer, ich muss in den Unterricht.«

Der Professor kratzte sich am Hinterkopf. Dann wischte er noch schnell die Tafel mit dem dreckigen Schwamm sauber, mit dem er die Jungen eben noch abwerfen wollte, und verschwand.

Es klingelte zum zweiten Mal, Lars kam angesprintet und Frau Altmann wie immer zehn Minuten zu spät und schlecht gelaunt. Die Verspätung störte uns kein bisschen, da ihr Unterricht sowieso eine Katastrophe war. In allen anderen Fächern hatten wir bisher schon sehr viel gelernt, aber bei ihr sah das anders aus. Auch heute saß sie wieder stocksteif hinter dem Pult und starrte ins Leere. Die Demotivation lastete über uns wie eine dunkle Wolke, die außerdem den Zeiger der Uhr am Weiterrücken hinderte. Wenn jemand eine Frage hatte, beantwortete sie Frau Altmann knapp, was noch lange nicht hieß, dass man es dann auch wirklich verstanden hatte. Und die Uhr war übrigens stehengeblieben.

»Du grübelst schon wieder«, teilte Jake mir seine weise Erkenntnis mit.

»Ich weiß«, meinte ich nur. Was konnte ich denn bitte dafür, wenn mein Gehirn sich die ganze Zeit fragte, wer Inga war. Ich kannte niemanden, der so hieß und den Namen hatte ich hier auch noch nie gehört. Ich wurde immer frustrierter. Warum interessierte mich das überhaupt? Klammerte ich mich jetzt schon an jedes Detail, in der Hoffnung auf Hinweise? Wenn das so weiterging, konnte ich mich bald selbst einweisen lassen. Oder ich musste einfach noch einmal meditieren. Ich stocherte in meinen Nudeln herum. Hatte sich eigentlich schon einmal jemand bei den Köchen bedankt?

»Was ist los?«, fragte Jake.

»Kennst du eine Inga hier auf der Schule?« Jake und Lars kratzten sich synchron am Kopf.

»Spontan fällt mir niemand ein. Warum fragst du?«

»Warum bin ich immer diejenige, die irgendwelche Gespräche zwischen Lehrern mitbekommt?«, stellte ich die Gegenfrage.

»Erzähl es mir nachher!«, antwortete Jake und linste nach links und rechts. Seit die erste Schülerin verschwunden war, schien niemand mehr dem anderen zu vertrauen.

»Also, was war jetzt?«, er schlug Lars die Tür vor der Nase zu, setzte sich falsch herum auf meinen Schreibtischstuhl und legte die Arme auf die Lehne. Lars öffnete die Tür und beschwerte sich.

»Sorry«, meinte Jake nur knapp. »Was war jetzt?«

»Also, als du ...«, ich warf Lars einen Blick zu. »... rausgegangen bist, kam Herr Winns rein und hat mit dem Professor über diese Inga geredet. Sie lässt sich wohl immer seltener sehen und sei nicht sonderlich sozial.«

»Hä?«, machte Lars.

»Keine Ahnung, aber das haben sie gesagt.«

Lars kratzte sich erneut am Kopf: »Heißt Frau Altmann nicht mit Vornamen Inga?«

Das war einer der Momente, in denen ich mir wünschte im Unterricht aufgepasst zu haben. Ich zuckte ebenfalls mit den Schultern, Jake aber war sich todsicher: »Ich bin jetzt das dritte Jahr hier und die Lehrer sprechen sich untereinander immer mit Vornamen an. Sie würden sie ja nicht Inga nennen, wenn sie nicht so hieße.«

»Wer weiß«, meinte ich.

»Wie auch immer. War anstrengend heute und ich lege mich noch ein bisschen hin. Scheiß auf Hausaufgaben.« Jake stand auf und zog seine Tür hinter sich zu. Lars und ich fragten uns noch gegenseitig Vokabeln ab, bevor auch er ging. Ich legte mich früh ins Bett, wachte aber immer wieder auf. Ingas und schwarze Umhänge, die gruselige Sachen mit Schülern anstellten, verfolgten mich. Es war nicht auszuschalten.

10 Kapitel

Ich streckte mich zufrieden und legte Messer und Gabel ordentlich auf den Teller. So vollgefressen war ich lange nicht mehr gewesen und Jake hatte mich nicht einmal zwingen müssen. Aber was konnte ich denn auch dafür, wenn es zum Abendessen Gemüsepizza gab? Darauf wartete ich schon, seit ich hier war. Lars war weniger begeistert und die Zwillinge hatte ihren Spaß dabei, zu wetten, wie viele Stücke er sich noch herunterwürgen würde.

Im Erdgeschoss hielt Lars uns aber dann die Glastür auf und salutierte spaßeshalber. Er war natürlich, trotz seiner absolut unverständlichen Abneigung gegen absolut unwiderstehliche Gemüsepizza, bestens gelaunt. Oben angekommen wünschte ich den anderen, wie es sich gehörte, eine gute Nacht und legte mich dann mit meinem Buch ins Bett. Ich las noch ein paar Seiten und ging einmal die Vokabeln durch. Dann hörte ich Jakes Klavierspiel zu und irgendwann spielte er eine so ruhige Melodie, dass ich dabei einschlief. Konnte er das nicht jeden Abend machen? Ich bekam dann überhaupt keine Gelegenheit zu grübeln und meditierte mich quasi in den Schlaf. Herrlich! Irgendwo zwischen Einschlafen und Halbschlaf kam Jake dann ins Zimmer und ich merkte nur, wie er sich neben mich legte. Ich hatte schon damit gerechnet.

»AUFSTEHEN!«, brüllte mir jemand ins Ohr. »SO-FORT!«

Er konnte es einfach nicht lassen. Ich, schlagartig wach, rieb mir wie mittlerweile jeden Morgen die Augen in der Erwartung, gleich einen grinsenden Jake neben meinem Bett stehen zu sehen. Also, er stand schon vor mir und hatte auch meine Decke in der Hand, aber sein Gesichtsausdruck drückte alles andere als Schadenfreude aus. Irgendetwas war nicht so, wie es sein sollte. Draußen war es noch dunkel und durch das offene Fenster hörte ich das Meer rauschen. Warum weckte er mich mitten in der Nacht? Auf dem Flur waren schnelle Schritte zu hören, ziemlich viele. Und wild durcheinander rufende Stimmen. Ich runzelte etwas verwirrt die Stirn und wollte mich aufsetzen, aber Jake ließ meine Decke fallen, packte mich am (rechten!) Arm und zog mich auf die Füße.

»Komm jetzt!«

»Was um Himmels Willen ist de …?«

»KOMM!«

»Ist ja gut!«

Ich sah unschlüssig nach links und rechts. Dann hechtete ich zum Schreibtisch und zog mir eine Jacke über, da ein Top und Jogginghose nicht sonderlich warm waren. Auf dem Weg zurück zur Tür gabelte ich meine Puschen auf und schlüpfte durch die Tür, bevor Jake sie mir vor der Nase zuschlagen konnte. So voll war es hier definitiv noch nie und mir fiel auch jetzt erst auf, wie viele Schüler es hier wirklich gab. Und alle in Jogginghose oder Schlafanzug. Jake bahnte sich einen Weg durch die Menge bis zu Lars. Ich stolperte hinterher. Lars versuchte, den kreidebleichen Lukas zu beruhigen.

Was war hier los? Wenn es brennen würde, hätte sicher jemand den Alarm ausgelöst. Aber ich hörte keine Sirene, sondern nur laute und aufgebrachte Stimmen. Eine Durchsage wegen eines Amokalarms gab es auch nicht. Ich riss ein paar Mal meine Augen auf und massierte meine Schläfen. Gott, war ich müde.

Herr Winns kam plötzlich die Treppe hinunter gesprintet, die Trillerpfeife auf Anschlag. Direkt über meinem Ohr blies er hinein. In der selben Sekunde drehten sich alle Köpfe und starrten den Direktor an. Ich mit Killerblick und einem piependen Ohr. Alle warteten gespannt auf eine Erklärung, warum sie zum Teufel mitten in der Nacht aus dem Schlaf gerissen worden waren. Was war hier los?

Aber er schrie nur: »Sucht jeden Winkel ab! Alle! Teilt euch in Gruppen auf! Jüngere gehen nicht ohne ältere Schüler!« Ließ er seine Schüler gerade ins offene Messer laufen? Jake packte mich am linken Arm. Er hatte jetzt die Verantwortung.

»Aua!«, zischte ich.

»Sorry!«, sagte er, sah mich kurz besorgt an und nahm den anderen, als ob ich nicht selber laufen konnte. Dann lotste er uns die Treppe hinunter. Lukas war leichenblass und sah aus, als würde er gleich zusammenklappen. Im ersten Stock war es nicht weniger voll. Gleich vorne an der Treppe stand einer der Zwillinge. Er hüpfte immer wieder hoch um seinen Bruder zu entdecken. Lenny kam dann zwischen zwei Mädchen hindurch gestolpert. Es waren also alle da, was mich ungemein beruhigte. Wir gingen weiter nach unten und in der Eingangshalle war zum Glück weniger los, oder auch nicht zum Glück. Ich lief einfach den anderen hinterher, da ich keine Ahnung hatte was ich tuen sollte. Wonach sollten wir denn suchen? Herr Winns war schon da und stand inmitten verwirrter Schüler. Wie war er überhaupt dorthin gekommen? Er hätte doch an mir vorbeigehen müssen.

Der Direktor stand jetzt dort mit angespannter Haltung und fixierte alles auf einmal mit seinem Blick. Ansonsten sah die Situation überhaupt nicht nach Gruselfilm aus. Keine Schatten, keine flatternden Vorhänge und die Rüstungen standen stocksteif da wie eh und je. Irrlichter oder so etwas waren auch nicht zu sehen, im Gegenteil. Draußen konnte man gerade noch die Silhouetten der Bäume erkennen. Ein Heulen oder Kettenrasseln hätte gepasst, aber nichts. Wobei, bei dem Lärm von oben hätte man sowieso nichts gehört.

Ich blickte mich unaufhörlich um. In dem ganzen Durcheinander gab es, fand ich, nur eine verdächtige Sache. Und die war der Schulleiter mit seinen feuerroten Augen, wie er da in der Mitte der Eingangshalle stand. Ich wollte schon weitergehen, als die Zwillinge endlich die Treppe herunter gehüpft kamen.

Was zum Teufel war hier los?

»Da oben im Zimmer …«, begann Lenny.

»Welches Zimmer?«, hakte Jake nach.

»Im 1. Stock ganz am Ende.«

»Direkt unter uns.«

Na, halleluja!

Ich nickte: »Was war da?«

»Blutspuren!«, antwortete Lenny wieder.

»Viele! Glaub mir, das willst du nicht sehen.«

Vorstellen wollte ich es mir auch nicht.

»Und woher kommen die? Ich meine, was ist hier überhaupt los?«, irgendjemand musste doch etwas wissen. Ich hätte Herrn Winns fragen können, hatte aber Angst, dass ich unter seinem Blick in Flammen aufgehen würde. Ich wusste nicht, was ich machen sollte, außer auf eine Antwort warten und ... wie konnte ich so blöd gewesen sein? Wir wurden mitten in der Nacht geweckt, alle hatten Panik, Herr Winns schrie, wir sollen das Gebäude absuchen und dann die Blutspuren. Ich sah auf meinen Arm. Da war jemand nicht so glimpflich davon gekommen wie ich. Und Mudos oder wer auch immer befand sich noch hier im Gebäude, während wir Idioten untätig auf der Treppe standen. Mein Puls schoss in die Höhe und Angstschweiß bildete sich auf meiner Stirn.

Schöne Scheiße!

»Mudos!«, sagte ich dann.

»Auch schon gemerkt?«, fragte Jake.

Arschloch!

»Du hättest mir ja auch mal erzählen können, was hier los ist.«

»Du hast nicht gefragt.« Ich verdrehte die Augen.

»Und ich dachte, du würdest von selber drauf kommen.«

»Glaubst du, mitten in der Nacht bin ich so denkfähig?«

»Könnt ihr jetzt mal aufhören zu streiten?«, Lars

stellte sich zwischen uns, »Abmarsch jetzt! Je eher irgendwer ihn findet, desto besser.«

»Dann hoffe ich mal, das wir nicht dabei draufgehen.«

Der Schulleiter schickte gerade eine Gruppe Leute in Richtung Glastür, wo noch niemand gewesen war. Wir gingen einfach hinterher. Aber, um ehrlich zu sein, wollte ich nicht zu denen gehören, die Mudos wirklich fanden. Denn dann würde uns nach allem, was passiert war, sicherlich kein schönes Ende erwarten. Höchstwahrscheinlich hatte er mit mir auch noch ein Hühnchen zu rupfen. Ich schluckte und hoffte, dass ich dem, der für meine Verletzung gesorgt hatte, nicht noch einmal begegnen musste.

Auf dem Flur fanden wir nichts und in den Klassenräumen auch nicht. Warum sollte Mudos seine Leichen denn in Klassenräumen zerstückeln, in denen am nächsten Tag wieder Unterricht war? Viel zu offensichtlich. Warum war er nicht schon längst wieder abgehauen? Diesen Lärm konnte man nicht überhören. Ich sah mich alle paar Sekunden um, als würde ich unter Verfolgungswahn leiden. Vielleicht tat ich das ja mittlerweile auch.

Das Einzige, was jetzt noch übrig blieb, war der Keller, aber keiner von uns wollte hinuntergehen. Ich am allerwenigsten und ich dachte schon wieder zu viel nach! Die Situation war seltsam angespannt. Jake und die anderen klapperten jetzt die Klassenräume auf der anderen Seite des Flures ab. Ich hatte keine Lust und Angst davor, alleine auf dem Flur zu bleiben, und ging einfach hinterher. Also, ich wollte hinterhergehen, aber kaum machte ich einen Schritt nach vorne, packte mich plötzlich etwas am Kragen. Es war ungefähr so, als würde sich plötzlich ein Messer auf mich herabsenken. Ich bekam so einen Schreck, dass ich gar nicht richtig merkte, wie ich nach hinten gezogen wurde. Hilfe! Als ich schreien wollte, hielt mir eine eiskalte, knochige Hand den Mund zu. Jetzt fehlte nur noch eine Pistole.

Scheiße!

Es war niemand mehr auf dem Flur. Wo waren die Jungs denn, wenn man sie mal brauchte? Ich wollte mich umdrehen, aber der Klammergriff um meinen Hals verstärkte sich nur noch. Ich würgte. Mein Puls schoss erneut in die Höhe wie eine Rakete. Was sollte ich tun? Ziemlich sicher stand Mudos direkt hinter mir.

»Versuch es erst gar nicht!«, sagte jemand. Das war mein Todesurteil! Definitiv! Und das hinter mir war definitiv Mudos! Was sollte ich tun? Wie kam ich hier weg? Ich fühlte mich genau wie bei meinem Mitternachtssprint. Mir lief ein Schauer den Rücken herunter. Langsam aber sicher wurde ich panisch. Verdammte Scheiße, hinter mir stand ein Mörder, der hundertprozentig vorhatte, mich umzubringen. Ich musste hier weg! Ich musste mich konzentrieren!

Ich rammt beide Ellenbogen in den Oberkörper hinter mir und in den zwei Sekunden, in denen der Griff sich lockerte, schrie ich so laut ich konnte und wusste nicht, ob das wirklich so gut war.

»JAKE! JAKE VERDAMMT, KOMM!« Er kam zwei Sekunden später aus einem Raum ganz am anderen Ende des Flures und rannte los wie ein Irrer. Ich wollte mich befreien und fliehen (falls Mudos nicht schneller war als ich), aber er packte mich wieder am Kragen. Ich bekam keine Luft mehr! Ich wollte nicht sterben! Ich musste logisch denken und einen kühlen Kopf bewahren, einen Ausweg suchen. Aber ich war buchstäblich von Angst gelähmt und konnte nicht mehr richtig denken.

Es war nicht sonderlich angenehm, rückwärts eine Treppe herunter geschleift zu werden. Und das schneller, als Jake rennen konnte. Stolpernd versuchte ich mich am Treppengeländer festzuhalten, erreichte es allerdings nicht. Wo blieb Jake? War er die anderen holen gegangen?

Am Ende bogen wir um die Ecke und ich versuchte, mich festzuklammern. Je weiter ich in den Keller kam, desto sicherer war ich tot. Ich wollte mich überall festhalten, damit wir bloß langsamer vorankamen. Mudos ahnte aber, was ich vorhatte und seine eiskalte Hand schloss sich fester um meine Kehle. Ich schnappte nach Luft. Bleib ruhig, Lanu!

Was hatte er mit mir vor? Gleich umbringen oder doch lieber erst foltern? Wenn Jake und die anderen auftauchen würden, konnten sie das Schlimmste verhindern. Tatsächlich hörte ich in diesem Moment Schritte von oben, ein Hoffnungsschimmer. Noch einmal schreien wäre gut gewesen, was nur leider nicht möglich war, ohne dass ich an Atemnot starb. Ich musste irgendwie am Leben bleiben, so schnell wollte ich nicht aufgeben!

Zu meinem Schrecken bemerkte ich dann, dass Mudos den Raum gefunden zu haben schien, denn ich kam stolpernd zum Stehen. Es war stockdunkel im Flur. Ich fühlte mich beobachtet und biss die Zähne zusammen. Dann wurde ich recht unsanft über die Schwelle in den mit Teppichboden ausgelegten Raum gezerrt. Ich krallte mich mit beiden Händen am Türrahmen fest, ließ aber schnell wieder los, als ich zu ersticken drohte. Der wollte mich wirklich foltern!

»Schließ die Tür!«, röchelte eine Stimme hinter mir und mir lief ein weiterer Schauer über den Rücken. Der Griff um meine Kehle lockerte sich urplötzlich. Ich wurde nach vorne geschupst und versuchte wild mit den Armen rudernd das Gleichgewicht zu behalten. Ich krachte auf den Boden, noch ein blauer Fleck!

In der vollen Überzeugung, mir den Arm jetzt auch noch gebrochen zu haben, rappelte ich mich wieder hoch.

»Schließ die Tür!«, röchelte die Stimme jetzt von etwas weiter weg. Ich zögerte und sah auf meine nackten Füße in den Puschen. Panik stieg in mir hoch wie eine glühend heiße Welle aus Lava, die einfach nicht kälter werden wollte. Noch war die Tür auf. Ich schluckte, mein Puls raste noch schneller. Alles, was ich falsch machte, konnte den Tod bedeuten. Die eine Hälfte von mir wollte sich umdrehen und verhindern, dass irgendwas mit mir passierte. Die andere hatte blanke Panik und wollte aus unerfindlichen Gründen tatsächlich die Tür schließen. Mein Gehirn drehte völlig am Rad, wobei ich mich jetzt konzentrieren musste!

»Schließ die Tür!«

Mudos schien ungeduldig zu werden. Nein, er

war bereits ungeduldig. Wahrscheinlich auch, weil ich immer noch lebendig vor ihm stand. Ich machte einen Schritt. Ich könnte abhauen! Ich ging noch einen Schritt und spürte Mudos Blick in meinem Rücken. Ahnte er, was ich vorhatte? Langsam bewegte sich meine Hand Richtung Türklinke. Mir brach der Angstschweiß aus und ich begann zu zittern. Dann sah ich Jake am fernen Treppenaufgang um die Ecke biegen (wie tief im Keller war ich hier?), mit ein paar weiteren im Schlepptau.

Wenige Millisekunden lang dachte ich, ich könne entkommen. Aber Mudos ahnte schon wieder, was ich vorhatte. Die Tür fiel plötzlich von selbst zu und ich Depp rannte mit voller Wucht davor. Sofort fasste ich mir an die Nase, aber glücklicherweise blutete es nicht. Meinem Arm ging es auch noch gut.

Ich rüttelte panisch an der Türklinke.

Scheiße!

Scheiße!

Scheiße!

Ich saß in der Falle! Ein weiteres Rütteln an der Tür brachte auch nichts. Ich war eingesperrt! Ich wollte schreien, aber das würde Mudos nur noch wütender machen. Mit aller Kraft trat ich auf die Tür ein. Ich war so gut wie tot! Trotzdem trat ich noch einmal dagegen. Jake hörte es vielleicht und wusste dann, wo ich war.

»Lanu?«, hörte ich eine abgedämpfte Stimme von draußen. Jemand hämmerte mit Fäusten auf das Holz ein. Ein Gefühl der Erleichterung durchströmte mich und hielt auf halbem Weg an, als ich den rot gefärbten Boden zu meinen Füßen bemerkte. Für einen kurzen

Moment dachte ich, es wäre mein Blut. Tja, und schließlich drehte ich mich doch um. Und wünschte mir sofort, ich hätte es nicht getan. Über den Boden zogen sich Blutspuren bis zur hinteren Wand. Und dort lag nichts Geringeres als eine Leiche, der dritte tote Mensch, den ich in meinem Leben sah. Das Mädchen hatte ich heute Mittag noch gesehen. Aus ihrem Mund tropfte Blut und ihre Augen waren so weit aufgerissen, wie es nur ging.

Oh mein Gott!

Mir wurde augenblicklich schlecht. Gab es hier irgendwo einen Eimer? Mudos wollte doch bestimmt nicht, dass ich seine Grausamkeit vollkotzte. Jetzt musste ich mich mit der Hand am Türrahmen abstützen. Hätte ich auch so ausgesehen, wenn ich nicht abgehauen wäre? Ich hatte ein ungutes Gefühl im Magen. Was hatte er mit ihr gemacht? Würde ich gleich auch so aussehen?

Nein, nein und nochmals nein! Nicht so lange ich noch lebte und irgendwie am Leben bleiben konnte, egal wie viel Panik ich gerade hatte. Wie ich allerdings am Leben bleiben wollte, wusste ich nebenbei bemerkt auch noch nicht. Ich wandte meinen Blick von der Leiche und musste zugeben, ich hatte etwas ganz anderes erwartet. Den Schulleiter oder eben Mudos, aber nicht das! Denn zwischen mir und der Leiche stand niemand Geringeres als Frau Altmann.

»Überrascht?«, fragte sie und fixierte mich mit ihrem Blick. Die eisige Stimme passte eindeutig nicht zu ihr und es war komisch, sie aus ihrem Mund zu hören. Aber vielleicht war es auch gar nicht ihre Stimme, sondern die eines Dämons, von dem sie besessen war. Ich taumelte einen Schritt zurück und sah unschlüssig im Raum umher.

Plötzlich schlug irgendwas Großes gegen die Tür. Mit was versuchten die hineinzukommen? Die Zeit kam mir schon viel länger vor, als sie eigentlich war. Sollte ich irgendetwas machen? Irgendetwas sagen? Ich brachte überfordert mit der Situation kein Wort heraus. Mein Puls hatte sich auch noch nicht beruhigt. Noch einmal sah ich zwischen Tür und Frau Altmann hin und her. Mir war heiß und kalt zugleich.

Was hatte sie mit Mudos zu tun? Steckte er doch nicht hinter dem ganzen und ich war die ganze Zeit von etwas völlig Falschem ausgegangen?

»Was soll das?«, fragte ich schließlich, meine Stimme klang piepsig. Frau Altmann sagte nichts und sie sah starr in eine Richtung. Plötzlich bemerkte ich die dünnen Linien, die ihr langsam über den Hals und am Kopf hoch wanderten. Es sah ekeliger aus, als die Leiche vor der Heizung: wie Schlangen oder Würmer. Ich guckte hastig woanders hin, bevor ich mich wirklich noch übergeben musste. Dann wartete ich ein paar gefühlte Minuten und traute mich nicht, wieder hinzusehen.

Aber dann sah ich doch wieder hoch. Und Frau Altmann hatte sich verwandelt! Dort stand ein komplett anderer Mensch, der bei mir allerdings nicht weniger Panik auslöste. Die Zähne waren gelb, die Nase ellenlang und die Harre in dicken Strähnen zurückgekämmt. Außerdem trug er Ohrringe, die glatt irgendwo bei Großmutter auf dem Dachboden liegen könnten. Ich wich einen Schritt zurück. Es war die hässlichste Fratze, die ich je gesehen hatte und genau das, was ich mir schon immer unter einem Bösewicht vorgestellt hatte. Ach nein, das hier war ja ein Serienmörder.

Die Vorstellung, von dem da gefoltert, umgebracht oder auch ertränkt zu werden war noch schlimmer. Falls ich das hier überleben sollte, würde ich bis an mein Lebensende jede Nacht von dieser Fratze Albträume bekommen. Ich hielt mich wieder am Türrahmen fest. Die Tür selbst wackelte unter den Schlägen von Jake und allen anderen. Sie musste definitiv irgendwie magisch verstärkt sein, sonst hätte Jake sie längst eingetreten! Ich schlug noch einmal dagegen, um ihnen ein Zeichen zu geben, dass ich noch lebte. Sie antworteten mit noch lauterem Geklopfe, aber meine Panik flaute nicht ab. Mudos verzog seinen Mund zu einem hämischen Grinsen, sein dunkler Umhang raschelte über den Teppichboden und mir fiel ein weiteres Mal auf, wie hilflos ausgeliefert ich eigentlich war. Wäre ich im gleichen Jahr wie Jake, sähe das sicher anders aus. Mudos grinste immer noch blöd.

Was zum Teufel hatte er vor?

Welche Rolle spielte ich genau dabei?

Welche Rolle spielte die Tote hinten an der Wand?

Ich hämmerte erneut gegen die Tür.

Was sollte ich jetzt machen?

Erwartete Mudos etwas von mir?

Vielleicht, dass ich mich ergab? Ganz sicher nicht! Die Geräusche von draußen ließen nach. Die Zwerge schienen es auch zu begreifen und sich einen anderen

Weg zu suchen, die fünf waren meine einzige Hoffnung. Sie redeten miteinander, aber durch die Tür konnte man kein Wort verstehen.

»Die werden nicht reinkommen.«

Ich zuckte zusammen. Die Stimme klang noch kälter, aber sie passte besser zu Mudos als zu Frau Altmann. War sie jetzt eigentlich tot? Oder konnte sie sich wieder zurück verwandeln? Würde sie dann wieder *normal* sein? Gehirn, halt die Klappe! Hoffentlich kamen die anderen bald. Wer wusste, wann Mudos Lust bekam, mich auch tot und blutend vor die Heizung zu legen. Ich wischte mir den Angstschweiß, der sich dort angesammelt hatte, von der Stirn.

»Ich habe Zeit bis Monduntergang, zur Not auch bis Sonnenaufgang«, sagte Mudos seelenruhig. Ich wusste nicht ganz, wie ich das einschätzen sollte, aber es klang wie Galgenfrist für ein paar Stunden. Und den Mond konnte man durchs Kellerfenster sehen. Wenn ich jetzt wüsste, in wie vielen Stunden die Sonne aufging. Ich musste Zeit schinden bis dahin, oder bis Jake und die Zwerge die Tür aufgesprengt hatten.

»Was wird das hier?«, fragte ich also mit immer noch piepsiger Stimme. Mudos lachte und ich wich den Schritt zurück, den ich eben wieder nach vorne gegangen war.

»Das hast du noch nicht begriffen?«, stellte er dann die Gegenfrage und warf einen Blick auf die Leiche des Mädchens.

»Ihr könntet schon alle versklavt sein. Ihr könntet alle längst tot sein!«

Also das hatte ich sehr wohl begriffen.

»Warum dann gerade ich, wenn doch sowieso alle umgebracht werden?«

Ich schrie schon fast und schlug wieder gegen die Tür. Vielleicht konnten sie draußen hören, was hier gesprochen wurde. Warum denn auch gerade ich? Hätte Mudos nicht jemand anderen hier hin schleppen können?

Wobei, NEIN! Dann wäre womöglich noch jemand von meinen Freunden draufgegangen. Könnte ich das ertragen?

»Ich habe euch bedeutungslose Kreaturen willkürlich ausgewählt. Und alle außer dich konnte ich im Schlaf ermorden.«

Ich schluckte. Ich wollte nicht diejenige sein, die das Lukas beichten musste.

»Timo war also eine *bedeutungslose Kreatur*, ja?«

Jetzt ging er zu weit. Ich atmete wieder schneller.

»Wie ihr heißt, interessiert mich nicht im Geringsten.« Mudos betrachtete mich abschätzig. Ich ermahnte mich selbst, ruhig zu bleiben.

»Bedeutungslose Kreaturen.«, zischte Mudos noch einmal. »Mittel zum Zweck.«

Das er etwas mit mir vorhatte, war mir auch schon klar. Die Frage war nur, was.

»Mittel zum Zweck?«, hakte ich nach und spürte schon wieder Panik in mir aufsteigen.

»Blut!«, sagte Mudos und mir lief es kalt den Rücken herunter. »Das ist es, was ich sehen will.«

Er gehörte in eine Psychiatrie, eindeutig.

»Ich hätte schon längst eine Schule des Bösen errichten können, die Menschen zu meinen Sklaven machen, wenn du nicht alles durcheinander gebracht hättest. Es war anstrengend genug für mich. Ihr alle wart mein einziges Hindernis! Ohne euren Widerstand hätte alles längst funktioniert!«

Einen Moment lang war ich stolz auf mich, bis mir wieder einfiel, dass ich ja jetzt auf seiner schwarzen Liste stand.

»Ich gebe nicht auf, jetzt wo ich dich hier habe. Ich gebe nicht auf, bis ich dich tot sehe!«

Na bitte, was sagte ich. Panisch schlug ich mehrmals gegen die Tür. Wenn sie es nicht bald schafften, konnten sie einen weiteren Leichenwagen rufen. Anstatt einer Antwort drang von draußen nur leichter Rauchgeruch herein, dann knallte irgendwas gegen das Holz, aber es tat sich nichts. Versuchte Lukas gerade die Tür durchzubrennen? Ich wollte schreien! Ich musste hier raus und hier weg! In mir brodelte heiße Lava, Panik kochte hoch.

»Warum ich?« Ich musste Zeit schinden und dann konnte ich auch noch ein paar Antworten bekommen, die ich eigentlich gar nicht hören wollte.

»Ja«, Mudos verzog seinen Mund zu einem hämischen Grinsen. »Warum du? Vielleicht, weil du unerfahren bist und mit deiner Kraft noch nicht richtig umgehen kannst, als das du sie nutzen könntest.«

Ich starrte ihn an und musste einsehen, dass er recht hatte. Aber ich versuchte, mir nichts anmerken zu lassen und biss die Zähne zusammen. Die Blöße wollte ich mir nicht geben! Im nächsten Moment spürte ich eine Wut in mir hochsteigen, die sich die ganze Zeit über, versteckt hinter Verwirrung und Panik, aufgestaut hatte. Ich drosch mit meinen Fäusten auf die Tür ein.

»Die werden nicht reinkommen«, sagte Mudos geradezu zufrieden und seine gelben Zähne sahen im Licht der Lampe noch ekelhafter aus.

»Vom schwarzen Element haben selbst deine kleinen Freunde keine Ahnung.«

Ich schluckte und lehnte mich wieder gegen den Türrahmen. Gab es denn überhaupt keine Chance mich zu befreien? Mein Atem ging so schnell, als hätte ich einen Marathon gelaufen. Von meinem Puls ganz zu schweigen.

Ich wollte alles, nur nicht sterben!

Nicht sterben!

Mudos lachte und ich krallte meine Finger in den Türrahmen. Eine neue Welle der Angst überkam mich und ich fühlte mich, als würde ich implodieren und zugleich explodieren. Über meine Hände und meine Stirn rannte der Angstschweiß.

Mudos lachte weiter: »Ihr werdet alle den Tod finden, wie es für euch bestimmt ist. Und du zuerst, da du mir die meisten Schwierigkeiten bereitet hast.«

Ich war sauer, weil er uns das alles angetan hatte, weil er Lukas das angetan hatte. Ich würde Timo rächen, wenn ich konnte. Ich war wütend auf ihn, aber vielleicht beabsichtigte er genau das. Draußen schlug wieder etwas gegen die Tür und meine Haut kribbelte. Was probierten sie denn jetzt aus? Würde bei einer Verriegelung mit dem schwarzen Element überhaupt irgendetwas wirken? Was war da überhaupt der Unterschied?

Hilfe!

Mein Gehirn drehte wieder durch vor Wut. Ich musste mich darauf konzentrieren, nicht ermordet zu werden.

Nicht sterben!

Nicht sterben! Tolles Mantra, oder?

Oh, Scheiße!

Mudos streckte seine Hand aus und dann kam aus seiner runzligen Handfläche ein grell leuchtender Ball geschossen. Und zwar sehr, sehr schnell! Die Luft um ihn herum flimmerte. Ich sprang zur Seite und der Ball traf den Teppichboden, wo er ein kokelndes Loch hinterließ. Wie viel konnte so ein Ding zerstören, wenn es das traf, was es sollte?

Für mich reichte es bestimmt. Mudos feuerte noch so ein Etwas ab. In wachsender Panik sprang ich nach rechts. Der Ball traf den Hocker in der Ecke und dieser ging in Flammen auf. Ich hatte Angst, dass es jeden Moment vorbei sein konnte.

Ich hatte nicht einmal mehr Zeit, wieder Luft zu holen und sprang reflexartig hoch. Das nächste Geschoss explodierte unter mir. Ich sprang schon wieder zur Seite und schnappte nach Luft.

Wie viel Ausdauer hatte der denn?

Ich hüpfte nach rechts.

Wenn mich eins von den Dingern traf, würde ich tot zu Boden gehen und Mudos konnte ungestört wer weiß was anstellen. Keuchend duckte ich mich.

Sollte ich mich verteidigen?

Zurückschiessen? In den wenigen Sekunden Pause versuchte ich, eine Kugel aus Wasser in meiner Hand zu formen, aber ich war viel zu nervös und zitterte.

Außerdem hatte ich nicht genug Kraft. Das war wie Völkerball hier, nur verdammt ernst. Mir brach erneut der Angstschweiß aus, gleichzeitig kochte die Panik in mir über. Ich wich wieder aus und der pulsierende Ball brannte ein Loch in den Fußboden. Der Raum sah aus wie nach einem Meteoritenhagel. Es stank nach verbranntem Teppichboden. Die Luft war voller Rauch. Das Atmen wurde schwerer.

Außerdem war mir schwindelig, was das Ausweichen umso schwieriger machte. Langsam hatte ich keine Kraft mehr. Bevor der nächste Todesball auf mich zu geflogen kam, hielt ich mich keuchend am Türrahmen fest. Alles drehte sich.

Nicht sterben!

Ich war immer noch zu wütend auf ihn, dafür, dass er uns das angetan hatte. Es war schrecklich!

Meine Hände waren schweißnass und zitterten, sodass ich mich nicht richtig festhalten konnte. Auch meine Beine wurden immer schwächer.

Das war nicht normal. Irgendwie raubte Mudos mir die Kraft!

Die Luft pulsierte und ich würde nicht mehr lange durchhalten.

Es war schrecklich, todgefährlich!

Aber ich musste durchhalten! Für meine Freunde!

Ich wollte noch nicht sterben, wo mein Leben gerade erst begonnen hatte.

Nicht sterben!

Dann kam das nächste Geschoss auf mich zu, größer als die bisherigen. Ich löste meinen Klammergriff am Türrahmen und sammelte meine wirklich allerletzten Kraftreserven. Noch nie hatte ich so viel Angst und Panik zugleich. Ich sprang zur Seite, weg von der Tür. Glücklicherweise landete ich lebend auf allen Vieren. Noch einmal und ich würde zusammenbrechen. Meine Arme zitterten. Mudos drehte sich schon wieder zu mir um. Ich kam aus unerfindlichen Gründen nicht von der Stelle.

Er lachte.

Schutzlos ausgeliefert, lautete das Fazit. Wenn er jetzt schoss, war ich tot! Ich war unfähig, mich zu bewegen. Etwas hinderte mich daran. Es war schrecklich! Nicht sterben!

Aber es kam nicht dazu …

Plötzlich knackte es.

Mudos wirbelte herum. Holz splitterte, Türangeln quietschten. Er stieß einen markerschütternden, grässlichen Schrei aus (Ich konnte mir leider nicht rechtzeitig die Ohren zu halten).

Dann brach plötzlich die eben noch verschlossene Tür aus ihren Angeln und knallte auf den Boden. Staub und Rauch wirbelten auf.

In meinem Kopf klingelte es.

Mudos hatte auf die Tür gezielt, ich war ausgewichen und der Ball hatte die Barriere zerstört. Überrascht und schwer atmend starrte ich auf die am Boden liegende und demolierte Tür.

Einen Moment später kamen Jake, Lars, Lukas, Lenny, Jerry, Herr Winns, Frau Büring und der Professor hereingestürmt. Auf einmal fiel die ganze Todesangst von mir ab. Mein Gott, war ich froh, sie zu sehen. Jetzt ging es Mudos an den Kragen. Ich versuchte, mich aufzurichten und an der Wand abzustützen, aber meine Kräfte hatten mich wohl endgültig verlassen. Also krallte ich mich am Teppichboden fest. Meine Fingerknöchel färbten sich weiß und meine Lunge brannte. Ich sog so viel Luft ein, wie ich nur konnte. Ich sah zu den anderen, denn noch war ich nicht sicher und sie auch nicht! Mudos war umzingelt und ich sah ihn nicht mehr.

Ein gutes Zeichen. Aber ich wiegte mich zu schnell in Sicherheit.

Dann entdeckte ich Jake wieder und versuchte, Blickkontakt aufzunehmen. Sein Gesicht sprach Bände. Aber das Universum meinte es doch nicht gut mit mir. Auf einen Schlag war die Todesangst wieder da und Panik machte sich wieder in mir breit. Die abgekühlte Lava kochte erneut hoch. Ich hatte mich zu früh gefreut.

Es ging alles viel zu schnell.

Jake kam mit schnellen Schritten auf mich zu.

»Weg da!«, schrie er plötzlich und rannte los. Mein Kopf zuckte fast automatisch zu Mudos.

Der grinste höhnisch.

Er hatte die Lücke im Kreis entdeckt und ausgenutzt. Man konnte dieses Gefühl der Todesangst noch so gut umschreiben, es reichte nichts aus, um klar darzustellen wie man sich fühlte.

Ich sah nur noch rot und schwarz. Messer regneten auf mich nieder. Feuer schlug aus dem Boden. Ich halluzinierte.

Es war schrecklich! Ich versuchte, mich in letzter Sekunde hochzurappeln und dem pulsierenden Ball auszuweichen. Aber ich konnte mich keinen Millimeter bewegen, egal wie ich mich anstrengte. Jede Faser meines Körpers war bleischwer. Der Ball war schneller als Jake!

Alles ging in Flammen auf.

Gerade als ich ausweichen wollte, traf mich das Geschoss mit voller Wucht in die Seite. Es fühlte sich an, als hätte mich eine brennende Windböe erfasst. Es ging alles zu schnell. Panisch versuchte ich mich aufrecht zu halten und kippte dann zur Seite. Jetzt hatte Mudos mich doch noch erwischt. Ich schlug auf dem Boden auf. Ein stechender, brennender Schmerz durchzuckte meinen ganzen Körper. Eine Hand fasste nach meiner Schulter (Jake wahrscheinlich).

Jemand schrie. Ich schrie vor Schmerzen. Nicht sterben!

Nicht sterben! dachte ich ein letztes Mal und merkte natürlich erst jetzt, wie verdammt wichtig mir mein Leben eigentlich war. Nicht sterben! Ich sah Flammen.

Dann wurde mir schwarz vor Augen.

11 Kapitel

Ich wachte auf.

Ich lag auf irgendetwas Weichem.

Ein dumpfer Schmerz war das erste, was ich richtig wahrnahm. Ich öffnete ganz vorsichtig ein Auge und sah nur etwas Violettes: meine Haare.

Ich wollte mir die Strähne aus dem Gesicht streichen, aber ich war zu schwach und konnte nicht einmal einen Finger anheben. Jeder Muskel tat weh sobald ich nur daran dachte, ihn zu bewegen.

Aber: ICH LEBTE!

VERDAMMT NOCHMAL, ICH LEBTE! Und Gott, war ich müde. Dann öffnete ich auch benommen das andere Auge, über dem keine Haarsträhne lag.

Langsam klärte sich meine Sicht und auch die Geräusche wurden lauter, ein bisschen zu laut.

Ich kam mir vor wie in Trance, mein Bewusstsein war total benebelt. Auf jeden Fall konnte ich nicht klar denken. Träumte ich vielleicht doch? Fühlte es sich so an, wenn man starb?

Im Augenwinkel bewegte sich etwas. Nach ein paar Sekunden stellte sich das Etwas als Mensch heraus und ein paar weitere später als Herr Winns. Er streckte den Kopf durch einen Türspalt. Ich hörte Stimmen von irgendwo, viel zu viele.

Was war denn los?

»Ihr geht jetzt alle wieder ins Bett!«, schrie der Schulleiter. »Frühstück gibt es später. Ich erkläre dann, was los war. In die Zimmer jetzt! Sofort!«

Ich kniff die Augen zusammen. Seine Stimme war zu laut für meine Ohren. Es fühlte sich an, als würde jemand mein Trommelfell mit einem Hammer bearbeiten. Ich bekam schlagartig dröhnende Kopfschmerzen und hatte sogar die Kraft, zusammen zu zucken, als der Direktor auch noch die Tür zuknallte.

Musste das denn sein?

Der dumpfe Schmerz in meinem Körper wurde stärker. Er schien von nirgendwo her zukommen, der Schmerz war einfach überall. Es fühlte sich an, als ob ich gleich wieder in Ohnmacht fallen würde.

Ich blinzelte.

Für einen kurzen Moment ließ der fast unerträgliche Schmerz nach und ich versuchte, den Kopf zu heben, kam aber nicht weit. Zwei Hände packten mich sofort an den Schultern und hielten mich zurück. Ich hatte keine Kraft, mich zu wehren, etwas zu sagen oder gar meinen Kopf aufrecht zuhalten. Also sank ich wie ein Sack Kartoffeln in die Kissen zurück.

Wer war das?

Ich sah nach links und die Kopfschmerzen wurden stärker. Jake erkannte ich aber trotzdem. Ich träumte nicht. Er saß neben mir auf dem Bett mit zerzausten Haaren und roten Augen. Sein Gesicht hellte sich schlagartig auf, als ich ihn ansah und sagte etwas wie: »... sei dank! Du lebst!«

Ich verstand es nicht genau und die Welt verstand

ich auch nicht mehr. Dann bemerkte ich auch den Verband an Jakes Hand.

Was war passiert? Ich erinnerte mich nur verschwommen.

War ich verletzt?

»Was …«, meine Stimme war kratzig und unglaublich leise, sie blieb mir im Hals stecken. »Was ist passiert?«

Jake grinste schwach. Ich kniff die Augen zu, als der Schmerz für einen Moment stärker wurde und krümmte mich zusammen, um ihn besser aushalten zu können.

Jake hatte das natürlich bemerkt. Er lehnte sich zur Seite und griff nach etwas auf dem Nachttisch. Ich hatte keine Kraft, den Kopf zu drehen, um nachzuschauen, was es war. Jake hielt ein Glas in der Hand, in dem sich gerade etwas, das wie eine Brausetablette aussah, auflöste.

»Viel ist passiert!«, antwortete er dann. »Ich erzähle es dir, wenn du wieder klar denken kannst. Es geht aber allen soweit gut und du musst dich ausruhen!«

»Und was … ist … mit deiner … Hand?«, meine Stimme war noch leiser und mein Bewusstsein war immer noch irgendwie benebelt. Es kam mir vor, als würde ich unter Wasser schweben.

»Du musst schlafen!«, sagte Jake. Ich krümmte mich unter Schmerzen weiter zusammen.

»Ich bleibe auch hier und passe auf«, Jake lächelte wieder schwach und ich beruhigte mich seltsamerweise. Dann hob er meinen Kopf an, was ich alleine sowieso nicht hinbekommen hätte, und setzte das Glas an meine Lippen. Ich musste meinen Körper erst einmal daran erinnern, wie man schluckte. Es schmeckte tatsächlich wie Brause. Ich sank in die Kissen zurück, plötzlich noch müder. Als ich die Augen geschlossen hatte, war der Schmerz schon weniger geworden. Und fühlte sich nur noch so dumpf an, wie als ich aufgewacht war.

Ich wurde von einem abnormal leckeren und süßem Geruch geweckt. Mein Magen krampfte sich vor Hunger zusammen.

Wie lange hatte ich bitte geschlafen?

Langsam öffnete ich die Augen und blinzelte ein paar Mal. Das Schmerzmittel wirkte glücklicherweise immer noch, aber mein Kopf fühlte sich an, als wäre er einmal kräftig durchgeknetet worden. Unter der Bettdecke war es angenehm warm, aber die Haut unterhalb meines rechten Rippenbogens brannte.

Jake stand in der Tür, ein Tablett in der Hand. Was sich so köstlich Duftendes darauf befand, konnte ich natürlich nicht erkennen. Er schob die Tür mit dem Fuß zu und stellte das Tablett auf dem Schreibtisch ab.

»Wie geht es dir?« Ich zuckte mit den Schultern, ein wenig überrascht, dass ich die Kraft dazu hatte. Ich versuchte, mich aufzusetzen und musste mich gleich gegen das Kopfteil lehnen.

Mir wurde plötzlich schwindelig. Ich kniff die Augen zusammen. Jake kam zu mir herüber und schlug die Bettdecke zur Seite. Ich wollte sie wiederhaben, ich wollte liegenbleiben.

»Du musst was essen!«, sagte Jake bittend und sah dann zu meinem T-Shirt. Ich folgte seinem Blick. Meine Jogginghose war unbeschadet, aber knapp über meiner rechten Hüfte klaffte ein großes Loch in meinem T-Shirt. Der Rand war schwarz verkohlt. Und darunter sah ich weißen Verband. Ich schluckte und mir traten unwillkürlich Tränen in die Augen. Was war mit mir passiert?

Ich sah zu Jake und wieder zurück zu dem angesengten Stoff. Ich spürte einen leichten, brennenden Schmerz und biss mir auf die Unterlippe. Was war mit mir passiert? Tränenflüssigkeit sammelte sich in meinen Augen und meine Sicht verschwamm. Ich blinzelte, aber es half nichts. Eine Träne bahnte sich ihren Weg meine Wange hinunter. Ich wollte das nicht, was war denn nur mit mir passiert?

Jake hatte sich aufs Bett gesetzt und legte eine Hand auf meine Schulter.

»Ich sage das jetzt nicht, weil ich dich beruhigen will, aber es sieht wirklich schlimmer aus, als es ist.« Ich sah ihn an und war mir nicht sicher, ob ich das glauben sollte. Jake redete weiter: »Deine Haut ist verbrannt. Das wird seine Zeit dauern, bis es verheilt ist und es wird ein paar Narben geben, aber …«, Jake grinste schwach und ich wischte die Tränen aus meinem Gesicht. »… dir hätte weitaus Schlimmeres passieren können, wirklich.«

Ich wusste nicht, ob ich mich freuen sollte oder nicht. Aus meinen Augen liefen weiterhin Tränen. Jake gab mir ein Taschentuch und ich schnäuzte mich, während er aufstand.

Dann packte er meine Hand und zog mich auf die Füße. Sofort wurde mir wieder schwindelig. Alles drehte sich und Jake musste mich festhalten, damit ich nicht umfiel. Ich versuchte, irgendwie mein Gleichgewicht zu finden, was das Laufen erheblich schwieriger machte. Immer schön einen Fuß vor den anderen, die paar Meter bis zum Schreibtisch dauerten ewig.

Ich streckte beide Arme aus, hielt mich an der Stuhllehne fest und schaffte es sogar die letzten zwei Schritte alleine zu gehen. Als ich saß, überkam mich eine neue Welle von Schwindel. Alles drehte sich noch schneller. Zitternd wartete ich, bis der Anfall vorüber war und konnte endlich mein Frühstück begutachten. Und auf dem Tablett befanden sich zwei Teller mit … PANCAKES! Jake stellte einen davon und eins von den Gläsern mit Orangensaft vor mir auf den Tisch. Ein paar Vitamine konnten mir sicher nicht schaden. Und wer auch immer in der Küche arbeitete, er hatte ganze Arbeit geleistet. Die Pancakes waren mit Ahornsirup übergossen und daneben lagen noch haufenweise Himbeeren und Heidelbeeren. Jake holte einen weiteren Stuhl aus seinem Zimmer.

»Fang lieber an, bevor du noch den ganzen Tisch voll sabberst«, sagte er, setzte sich und erstach ein paar Beeren mit seiner Gabel. Ich trank einen Schluck und begann, selig zu essen, es war unbeschreiblich lecker. Und natürlich brauchte ich ewig. Jede Bewegung forderte Kraft, die ich nicht hatte, und jeder einzelne Muskel meines Körpers war wie eingerostet. Jake war um einiges früher fertig und erzählte mir dann, was passiert war.

»Als du mich gerufen hast, bin ich losgerannt und hab dann sicherheitshalber die anderen dazu geholt. Alleine wäre ich mit dem nicht fertig geworden. Und als du schon unten warst, bin ich mit ihnen hinterher. So eine Panik hatte ich lange nicht mehr …«, begann Jake.

Ich hatte ihn gerufen? Innerlich schlug ich mir gegen die Stirn. Jetzt fiel mir auch wieder ein, was passiert war. Mudos, die verriegelte Tür, das schwarze Element, die Feuerbälle und der, der mich getroffen hatte. Es war wie ein Keil, der sich in mein Bewusstsein schlug. Ich wollte nicht daran denken. Ging es mir deswegen so? Und vor allem, wie hatte ich das überlebt?

Ich musste Jake fragen (egal ob er es wusste oder nicht), aber er redete schon weiter und ich wollte ihn nicht unterbrechen: »Wir haben die ganze Zeit versucht, diese Tür aufzukriegen. Lukas wollte sie sogar abfackeln. Das hätte auch funktioniert, wenn er mehr Ausbildung hinter sich hätte. Dann wärst du auch besser klargekommen! Ich hätte dich niemals mit runter nehmen sollen, dann wäre diese ganze Scheiße nicht passiert. Ich bin ein verdammter Idiot!«

Ich hätte nicht erwartet, dass er deswegen solche Schuldgefühle hatte.

»Hey«, sagte ich. »Es lässt sich jetzt auch nicht mehr ändern und es war nicht deine Schuld. Ich wäre bestimmt nicht alleine hier geblieben und hätte feige auf dem Bett gelegen, während ihr alle hättet sterben können!«

Wo hatte ich auf einmal diese Zuversicht her?

Jake lächelte: »Ja, ja. Du hast mal wieder recht und wir sollten froh sein, dass wir alle noch am Leben sind.«

»Jetzt klingst du schon wie Lars.«

Er grinste: »Aber das mit dem gegen-die-Tür-Schlagen war schlau. So wussten wir immerhin, dass du noch lebst. Auf jeden Fall haben wir die Tür absolut nicht aufbekommen, egal was wir versucht haben. Lars hat dann irgendwann die Lehrer geholt, warum Frau Altman nicht dabei war, hat Herr Winns mir noch nicht verraten.«

»Tja«, sagte ich müde. »Die war mit mir beschäftigt.«

Jake runzelte die Stirn.

»Mudos hat nicht von Anfang an unter dem Umhang gesteckt. Das war Frau Altmann, die dämonenmäßig von ihm besessen war oder so. Sie hat sich dann verwandelt, ziemlich eklig.«

Trotz der widerlichen Bilder in meinem Kopf aß ich weiter, denn mein Hunger war noch nicht gestillt und Reden kostete auf Dauer zu viel Kraft. Mir wurde wieder schwindelig und ich hatte Mühe, die Augen offen zuhalten. Die Gabel wurde bei jedem Bissen ein Stück schwerer.

»Sieh es positiv«, meinte Jake und jetzt runzelte ich die Stirn. »Wir haben erstmal kein Mathe.«

Er schob sich zwei Bissen in den Mund.

»Jedenfalls ist die Tür irgendwann aus den Angeln gebrochen.«

»Mudos hat seine Barriere selbst zerschossen. Eigentlich wollte er mich treffen, aber ich stand vor der Tür und bin zur Seite gesprungen.«

»Das erklärt einiges«, Jake lachte erleichtert. »Die anderen haben ihm dann irgendwie den Garaus gemacht. Ich dachte ernsthaft, du wärst tot!«

Jake redete immer schneller und sah mich besorgt an: »So viel Angst hatte ich bei Weitem noch nie um jemanden!«

Was?

»Dann hab ich gemerkt, dass du noch atmest. Lars meinte, dass Mudos tot sei und er lag tatsächlich auf dem Boden und hat nicht mehr geatmet. Du schon! Ich weiß echt nicht, wie du das geschafft hast. Dann hab ich dich hier hochgetragen und mich um deine Verbrennung gekümmert. Herr Winns sagte, wir könnten nur warten, bis du aufwachtest. Ich habe dann, unfreiwillig, auch ein paar Stunden geschlafen und bin auch erst kurz vor dir aufgewacht.«

Jake schwieg einen Moment.

»Ich bin einfach froh, dass du lebst.«

Ich auch.

Jake war schon seltsam, aber mittlerweile war er ein guter Freund geworden und der Gedanke, dass er tot sein könnte verschlimmerte meine Kopfschmerzen nur noch. Was hätte ich auch ohne ihn gemacht?

»Ich bin auch froh, dass du noch lebst!«, sagte ich schließlich. »Was ist eigentlich mit deiner Hand passiert?«

Er grinste kurz, bevor er wieder ernst wurde.

»Ich hab mich am Türrahmen geschnitten. Es hat die ganze Zeit geblutet und Lars meinte, dass ich das verbinden muss. Ich wollte dich allerdings erst sicher oben wissen. Tja, dann hat er so viel Verband um meine Hand gewickelt, dass ich jetzt schreibunfähig bin. Apropos Lars, die anderen sind alle unverletzt.«

Toll, wieder hatte nur ich etwas abbekommen. Ich

atmete aber trotzdem erleichtert aus. Meine Freunde verletzt? Ich war mir nicht sicher, ob ich das ertragen hätte.

»Nach deinem Arm könnte ich übrigens auch mal wieder sehen.«

Ich sah Jake entsetzt an. Eigentlich wollte ich auch mit dem Stuhl zurück rutschen, aber mich überkam schlagartig Müdigkeit und die Schmerzen gingen auch wieder los. Zudem machte mich der Verband etwas bewegungsunfähig. Ich fühlte mich fiebrig. Meine Hände krampften sich um die Tischkante. Meine Haut sah blass aus und meine Fingerknöchel traten weiß hervor.

»Keine Sorge!«, meinte Jake. »Ich ätze deine Haut schon nicht mit Desinfektionsmittel weg. Ein neuer Verband muss aber trotzdem her, bevor dieser hier komplett rot ist. Vielleicht nicht jetzt, aber spätestens heute Abend.«

Tatsächlich blutete es, Jake meinte, dass wäre bei der Art von Wunde normal. Er stand auf und streckte mir seine Hand hin. Ich krümmte mich zusammen, auf einmal war der Schmerz voll und ganz wieder da.

Alles dröhnte und pochte, als würde sich ein glühender Heizdraht um mich legen. Jake schob den Stuhl mit mir obendrauf zum Bett hinüber und kippte ihn dann zur Seite, sodass ich ins Bett rollte. Gleich danach würgte ich noch eine Schmerztablette hinunter. Von diesen Wunder-Brause-Dingern hatte er leider keine mehr auftreiben können.

»Ruh dich aus!«, sagte Jake und zog das Rollo etwas herunter. »Schlafen ist das Einzige, was hilft. Soll ich dich wecken?«

»So wie ich mich Vegetarier-Vielfraß kenne, wache ich schon von selber auf wenn ich Hunger kriege.«

Jake grinste und ließ mich dann alleine.

»Danke!«, sagte ich, bevor die Tür ins Schloss fiel. In einem Anfall von Müdigkeit rollte ich mich unter der Decke schwerfällig zusammen und sank in den Schlaf. War ich jemals jemandem so dankbar wie meinen Freunden (und ja, irgendwie auch Timo)? Ich glaubte nicht.

Gegen siebzehn Uhr schreckte ich schweißgebadet hoch. Mudos Stimme hallte durch meinen Kopf. Alles pochte.

Es war nur ein Traum! Es war nur ein Traum!

Ich tastete schwer atmend nach dem Lichtschalter. Gut, kein Mudos! War das auch normal, oder hatte ich die Ereignisse einfach nur noch nicht richtig verarbeitet?

Um meinen Puls, der schon wieder viel zu hoch war, zu beruhigen legte ich mich wieder hin, konnte aber nicht mehr einschlafen. Schwerfällig hievte ich mich aus dem Bett, zog das Rollo hoch und musste mich gleich wieder setzten. Jegliche Kraft, die ich einmal gehabt hatte, war immer noch verschwunden. Meine Stirn war heiß, mir war schwindelig. So verschwitzt wie ich da minutenlang auf dem Stuhl saß, fühlte ich mich irgendwie ekelig. Also stand ich auf, nahm mir neue Klamotten aus dem Schrank und ging ins Bad.

Ich füllte die Duschwanne mit Wasser und missbrauchte sie als Badewanne. Hätte ich mich hingestellt, wären die Verbände nass geworden. Ich ließ mindestens zehn Minuten lang einfach nur das kalte Wasser auf meine Schultern prasseln, bevor ich meine Haare wusch. Danach fühlte sich meine Haut nicht mehr ganz so heiß an.

Es war herrlich entspannend!

Nach der Dusche fühlte ich mich wie neugeboren, und völlig entkräftet. Ich hätte mich gleich wieder hinlegen können, ließ es dann aber. Ich war alleine und hatte Angst vor den Albträumen. Mein Herz pochte und ich wäre umgekippt, wenn ich mich nicht am Waschbecken festgehalten hätte. Ich betrachtete mich im Spiegel. Ein paar meiner Haarsträhnen war angesengt. Dunkle Ringe zeichneten sich unter meinen Augen ab. Meine Lippe war aufgeplatzt und auf meiner Stirn klebte ein Pflaster. Wie war das dorthin gekommen? Meine Haut war noch so blass wie vor ein paar Stunden. Ich sah krank aus, und leicht ausgemergelt. Ich hatte deutliche Spuren davongetragen. Mein Atem ging schneller und langsam kehrte der Schmerz zurück.

Ich föhnte meine Haare trocken, damit sie mir nicht nass am Kopf klebten und ich noch schlimmer aussah. Meine Schultern schmerzten. Bei jeder Bewegung achtete ich darauf, meinen Oberkörper nicht zu drehen. In dem Moment, in dem ich den Föhn wieder ausstellte, hörte ich plötzlich meine Zimmertür zufallen.

Was hatte Jake denn jetzt noch vor? Mühsam schloss ich die Tür auf, ging in mein Zimmer zurück und streckte den Kopf durch die Tür. Jake lief den Flur hinunter, an Lars Zimmer vorbei. Zu ihm wollte er also nicht.

Warum wollte ich das überhaupt wissen? Ich

war doch sonst nicht so misstrauisch. Irgendetwas war los und ich glaubte, ich wusste auch, was. Ich wartete die ganze Zeit auf diese Erleichterung, dieses Glücksgefühl, dass jetzt alles überstanden war.

Ich lebte, Mudos war tot. Aber etwas wirkte auf meine Endorphinproduktion wie eine Blockade. Es waren noch nicht alle Sachen geklärt. Etwas war da noch, etwas namens Jake, was ich eigentlich auch schon vorher wissen wollte. Jake hatte in den letzten Wochen, so schien es, einen kompletten Sinneswandel vollzogen und ich wollte wissen, wieso!

War ich der Auslöser?

Oder irgendjemand anders?

Oder hatte er irgendetwas erfahren?

War irgendetwas passiert?

Oder war das bei ihm einfach immer so?

Ich zuckte innerlich mit den Schultern. Entweder war ich intelligent, hatte eine komplett falsche Vermutung und es war überhaupt nichts oder mein Gehirn spielte wieder verrückt. Ich tippte auf Letzteres. Ich war immer noch hundemüde und kraftlos, aber meine Neugier siegte.

Dann wurde mir wieder schwindelig. Ich hielt mich am Türrahmen fest und wartete, bis ich in einer Fassung war, die es erlaubte, zu gehen. Jake hätte mich dafür umgebracht. Dadurch, dass ich mich an der Wand lang hangelte, war ich langsamer als eine alte Schnecke. Aber ich kam vorwärts und das war die Hauptsache. An der Ecke musste ich Pause machen. Meine Lunge schrie nach Luft, jetzt schon.

Ich blickte nach oben und sah Jake die Treppe hochlaufen, in den dritten Stock. Jetzt war ich erst recht neugierig und mir fiel ein, dass er vor ein paar Tagen schon einmal dort hinunterkam. Auf meine Nachfrage hatte er allerdings nicht geantwortet.

Ich wartete an der Ecke, bis Jake oben war. So konnte ich auch noch ein bisschen Pause machen. Dann zog ich mich am Geländer hoch. Jede Stufe fühlte sich an wie ein Zehnkilometerlauf.

Auf dem Treppenabsatz musste ich mich nach Luft ringend hinsetzten. Mir wurde für einen Moment schwarz vor Augen und ich blinzelte. Mein ganzer Körper pochte. Durch das Fenster oben im dritten Stock fielen Sonnenstrahlen und alles schien zu leuchten. Man sah jedes Staubkorn in der Luft tanzen.

Ich grinste, keine Ahnung wieso. Und so hievte ich mich wieder hoch, völlig unbesorgt und ohne die Gefahr, ermordet zu werden. Mit neuer Kraft machte ich mich tapfer an den Aufstieg und kam auch heile oben an. Ich klammerte mich ans Treppengeländer, hielt einen Moment inne und ging dann hinüber zu der breiten Fensterbank, wo ich mich setzte. In meinem Kopf drehte sich alles.

Draußen lag der spätsommerliche Hof. Frau Büring saß auf einer Bank. Die Zwillinge, Lars und Lukas waren auch da. Sogar Professor Zweistein kam heraus und setzte sich.

Nur der Direktor fehlte. Ich runzelte die Stirn und bemerkte die Stimmen. Die Stimmen von Herr Winns und Jake. Ich hatte so etwas geahnt, denn ihre Stimmen kamen aus dem Raum schräg gegenüber. Jetzt wusste ich auch, wo sein Büro war. Herr Winns und Jake redeten nicht besonders laut, sodass es schwierig war, sie zu verstehen.

Der erste Satz, den ich hörte, war: »Du hast recht.« Und der kam von Herr Winns.

Jake schwieg zuerst.

»Ich habe bei Pflegeeltern gewohnt, zwischenzeitlich auch im Heim. Ich weiß nicht, warum meine Eltern mich weggegeben haben. Man hat mir erzählt, dass sie Bänker waren und zu wenig Zeit hatten.«

Ich schüttelte ungläubig den Kopf, was für Rabeneltern. Andererseits waren meine auch Bänker gewesen und hatten in der Tat immer ziemlich viel zu tun. Komisch.

Aber ich hatte sie trotzdem geliebt und liebte sie immer noch, auch wenn sie tot waren. Sofort spürte ich einen Stich im Herzen und verdrängte den Gedanken. Ich biss mir auf die Lippe.

Herr Winns hustete: »Sie hätten sich Elternzeit nehmen können.«

»Denke ich auch.«

»Haben sie aber nicht und ich kann dir auch sagen, wieso.«

Oh oh, was kam jetzt?

»Also, deine Mutter gehörte nicht zu uns und erst hat auch niemand von ihr erfahren, bis du geboren wurdest. Da ist unsere Behörde eingeschritten und hat ihnen das Sorgerecht entzogen, woraufhin deine Eltern quasi untergetaucht sind. Wenn sie sich Elternzeit genommen hätten, wäre das noch zusätzlich sofort aufgefallen. Und dann ...«

»... kam irgendwann meine Schwester zur Welt.

»Genau. Wir haben auch erst nach dem Tod deiner Eltern überhaupt von ihr erfahren. Und glücklicherweise konnten wir die gute alte ...«

Er hustete ironisch.

»... die gute alte Frau Thomas, die natürlich voll auf der Seite ihres Sohnes steht, überzeugen, sonst hättest du deine Schwester wohl nie kennen gelernt und sie hätte keine Ausbildung bekommen.«

Der Schulleiter sprach es so direkt aus wie einen einfachen Tatsachenbericht oder ein Kochrezept, was ich in diesem Fall nicht hinbekommen hätte.

Moment!

Mein Gehirn bekam auf einmal einen Schub Energie und zählte ganz schnell eins und eins zusammen. Hier gab es nicht nur mehrere Parallelen, hier war alles parallel.

Das konnte wirklich kein Zufall sein! Die eine Hälfte meines Gehirns protestierte lautstark, doch irgendwo schlich sich die Tatsache heran. Ich wollte es nur nicht zulassen. Oder doch? Das ...

Jake redete wieder: »Ich hatte meine Schwester schon vergessen, ich wusste ja nicht mal, wie sie hieß. Und jetzt läuft sie mir hier über den Weg. Um ehrlich zu sein, bin ich aber eher froh als überrascht.«

»Und jetzt?«, fragte Herr Winns, wobei es eher wie eine Aufforderung klang. Ich wusste nicht, was ich denken sollte. Dann tauchte Jake plötzlich im Türrahmen auf, allerdings sah ich ihn nur von hinten. Mein Gehirn ließ die Tatsache nach wie vor nicht zu, obwohl ich es längst wusste.

Sonnenstrahlen fluteten den Korridor. Draußen

schrieen die Möwen.

Es konnte nur ich sein und mir war jetzt auch klar, warum er mich so behandelt hatte, dieser seltsame Blick und alles andere. Warum war ich da nicht selber drauf gekommen?

»Vielleicht jetzt noch nicht. Sie muss sich definitiv noch ausruhen, um gesund zu werden. Und wenn es ihr besser geht, sag ich es Lanu«, antwortete Jake.

Ich sprang vom Fensterbrett. Jake drehte sich schlagartig um, der Direktor stand hinter ihm im Türrahmen.

Der Blick meines, äh, Bruders war eine Mischung aus »Tut mir leid, dass du es so erfahren musstest.«, »Was zum Teufel machst du hier oben?« und »Schön dich zu sehen.«. Ich wusste nicht was ich sagen sollte, also hielt ich den Mund. Und ich wusste auch nicht, was ich denken, glauben und meinen sollte. Meine Zunge war staubtrocken.

Einerseits war alles logisch. Warum auch nicht? Es stimmte alles überein.

Andererseits war es bizarr und absurd, worüber sie geredet hatten. Dass ich vorher nichts gewusst und geahnt hatte, machte es nicht leichter, zu glauben. Und wieder andererseits war ich einfach nur glücklich, jemanden gefunden zu haben, der für mich da war und der mich verstand (dafür war die letzte Zeit Beweis genug).

Ich sah Jake an. Sein Blick war voller Wärme. Und dann bemerkte ich noch drei Sachen: wie Lars schon gesagt hatte, Jake und ich hatten identische Augen, dunkelblau mit drei hellen Ringen. Bevor ich meine Haare violett gefärbt hatte, waren sie so schwarz wie

Jakes gewesen. Und ich spürte eine Art Verbindung, etwas das sich gesucht und gefunden hatte. Das klang zwar seltsam, aber es war so.

Jake kam mit wenigen großen Schritten auf mich zu. Wie hatte ich es überhaupt geschafft, so lange stehen zu bleiben? Jake umarmte mich und ich war kurz davor zu heulen.

»Sorry, dass du es so erfahren musstest!«, sagte er leise. »Und es tut mir leid, wie ich dich behandelt habe. Frag Lars mal, ihn habe ich auch erst nicht beachtet, als die Zwillinge ihn angeschleppt haben. Verzeihst du mir?«

Ich nickte, schniefte und grinste zu ihm hoch: »Ich bin einfach nur verdammt froh!«

Und dann heulte ich und konnte nicht mehr aufhören. Alles brach förmlich aus mir heraus und ich konnte es nicht einmal richtig in Worte packen. Jake hielt mich fest an sich gedrückt.

»Klar, Timos Tod hätte nicht sein müssen. Er hätte noch leben können, aber wir hätten auch alle sterben können und jetzt kann man es auch nicht mehr ändern. Außerdem habe ich ja immer noch dich und Lars und Lukas und Lenny und Jerry. Wer von den beiden ist eigentlich wer?«

Warum redete ich so viel? Oh Gott! Ich heulte Jakes T-Shirt voll. Er streichelte mir über den Rücken, war einfach nur da.

»Lenny hat die schwarzen und Jerry die roten Schuhe.«

»Ah! Jetzt kann ich in Ruhe sterben«, sagte ich und wischte mir die Tränen aus dem Gesicht. Ich schniefte noch einmal.

Jake grinste und zog mich noch fester an sich: »Ich passe auf dich auf, Lanu! Egal was passiert!«

Mir wurde ganz warm ums Herz und mein Körper schüttete unendlich viele Glückshormone aus. Ich schaffte es nicht mehr, meine Mundwinkel in Normallage zu bringen.

»Danke!«, sagte ich. »Und falls du mich mal brauchst, bin ich natürlich auch da.«

Jake grinste immer noch, mir wurde noch wärmer ums Herz.

»Lass uns wieder nach unten gehen, du solltest dich nicht so anstrengen.« Ich wusste, was er meinte, schließlich hatte ich mein Spiegelbild gesehen.

»Sehe ich so schlimm aus?«, fragte ich, lachte aber.

»Ja«, antwortete Jake. »Aber du warst verdammt, du bist verdammt stark! Und ich bin unglaublich stolz auf dich!«

Ich fing wieder an, zu weinen und er legte mir einen Arm um die Schulter.

Jake und ich liefen langsam zu unserem Zimmer zurück. Er stützte mich, da mir das Stehen die letzten Kräfte geraubt hatte. Trotzdem fühlte ich mich so gut wie noch nie. Ich fühlte mich sicher und geborgen und konnte es gar nicht oft genug sagen. Und die nächsten Ferien würden auch toll werden. Bis auf Großmutter natürlich, aber vielleicht kam ich dann ja besser mit ihr klar. Trotz allem hatte sie mich ja bei sich wohnen lassen und nicht in ein Heim gesteckt. Warum fielen einem manche Dinge eigentlich erst auf, wenn man kurz davor war, sie zu verlieren? Aber wie sagte ich immer: Und gerade die Tatsache, dass es nicht perfekt war machte es so perfekt.

Das Erste was ich sah, als Jake die Tür öffnete, waren Lars und Lukas, die auf meinem Bett saßen. Dann tauchten auch noch die Zwillinge auf und Lars hatte nichts Geringeres als ein Glas Eiswasser in der Hand. Ich grinste.

Sie lebten!

Alle!

Das wusste ich zwar schon vorher, aber trotzdem war es eine Erleichterung, sie hier lebendig und unverletzt sitzen zu sehen. Auf wackeligen Knien ging ich zu Lars.

»Du glaubst nicht, wie froh wir sind, dass du noch lebst!«

»Doch, glaube ich.« Lars gab mir das Glas: »Wir sind verdammt stolz auf dich!« Das hatte Jake auch schon gesagt.

»Und ich bin euch verdammt dankbar, für alles!«

Das Glas rutschte mir zwar fast aus der Hand, trotzdem wollte ich es unbedingt selber tun. Immer noch grinsend drehte ich mich zu Jake um und dann, bevor er ausweichen konnte, schüttete ich ihm das ganze Eiswasser über den Kopf. Jake zuckte zusammen und schüttelte sich. Sein halbes T-Shirt war nass und seine Haare tropften. Er sah aus wie ein ziemlich begossener Pudel und wir brachen in schallendes Gelächter aus.

»Eigentlich wollten wir dich ja damit wecken, wenn nicht ein paar Dinge dazwischen gekommen wären«, meinte Lars und wir lachten immer noch.

Jake trocknete sich mit der trockenen Hälfte seines

Shirts das Gesicht ab, grinste aber und sagte: »Rache ist süß, sehr süß sogar.«

Danksagung

Ich weiß, es ist nicht perfekt. Natürlich nicht, nichts ist perfekt. Aber es ist der erste Schritt in Richtung meines Traums und ich bin stolz darauf. Deshalb und aus vielen anderen Gründen möchte ich mich allen Leuten bedanken, die mir direkt oder indirekt weitergeholfen und trotz aller Zweifel an mich geglaubt haben.